等待夏季雪

奈奈 ｜ 著

Waiting For
The Summer Snows

天津出版传媒集团
天津人民出版社

图书在版编目（CIP）数据

等待夏季雪 / 奈奈著. -- 天津 ： 天津人民出版社，
2015.10（2020.3重印）
ISBN 978-7-201-09737-4-01

Ⅰ．①等… Ⅱ．①奈… Ⅲ．①长篇小说－中国－当代
Ⅳ．①I247.5

中国版本图书馆CIP数据核字(2015)第234488号

等待夏季雪

DENGDAI XIAJI XUE

奈奈 著

出　　版	天津人民出版社	
出版人	刘　庆	
地　　址	天津市和平区西康路35号康岳大厦	
邮政编码	300051	
邮购电话	（022）23332469	
网　　址	http：//www.tjrmcbs.com	
电子信箱	reader@tjrmcbs.com	
责任编辑	玮丽斯	
装帧设计	小名鼎鼎　赖　婷	
制版印刷	三河市华东印刷有限公司印刷	
经　　销	新华书店	
开　　本	660毫米×960毫米　1/16	
印　　张	16	
字　　数	175千字	
版权印次	2015年10月第1版　2020年3月第2次印刷	
定　　价	42.80元	

等 待 夏 季 雪

目 录

等 待 夏 季 雪

目 录

第一章

CHAPTER 01

Waiting For The Summer Snows

【伊夏・白露】

等待
夏季雪
Waiting For
The Summer Snows

　　如花美眷，似玉少年，倾倒的你和我。

　　时间的彼端，记忆的轮回，谁的流年熬成了忧伤？

　　回忆的大雨，温暖的晴天，你的笑温润了谁的眼角眉间？你的手抓住了谁的粉色信笺？

01

　　顾白，你知道吗？

　　此时此刻，我就站在C大的校门口，耳边是喧嚣的人声，令人心烦的蝉声混在其中，而我的身边，站着馨雅，站着陈朗，还站着伊秋。

　　顾白，如果你不曾离开，如果现在你也在这里，那么现在，你会不会站在我的左手边，身上有好闻的淡淡的橘子香，笑起来的时候，嘴角会轻轻上扬，好看的眼睛也弯成温柔的模样？

　　心像被人塞了一团海绵，里面吸饱了忧伤，堵得我眼圈发红，眼泪在眼睛里打转，可我不敢让它落下来。

　　因为，你曾微笑着说："小夏，将来我们一起去C大吧，这样大家就可以像现在一样，笑笑闹闹地待在一起。"

可是顾白，现在我们都在这里，却独独少了一个你。

我们这么多人之中，你的高考分数最高，可独独你，只有你，不在这里。

"小夏。"馨雅握住了我的手，我回过头来，她眼里写着担忧，可是，那与你酷似的眉眼让我忍了好久的眼泪，终于在这一刻就落了下来。

到底是没能忍住，因为在看到她眼睛的一瞬间，我以为看到顾白你就在这里。

"别哭。"她的声音压得很低，张了张嘴，像是想和我说点儿什么，却在下一秒，也红了眼圈。

她当然会难过，因为你是她最喜欢的表哥，是她引以为豪的骄傲，她有资格比我更难过的。

突然，一张纸巾出现在我眼前，那是一只修长干净、属于男生的手，不用抬头看也知道是陈朗。他的嗓音很安静，仿佛周遭的喧闹从未存在过一样，让人有种站在时光尽头的感觉。

"擦擦脸吧。"陈朗说。

声音里藏着一丝不易觉察的悲伤，我抬起头看了他一眼，他帅气的眉目里，藏满了忧惘，眼神是那样暗淡。

哦，对了！你也会难过，你怎么会不难过呢？

你们是最好的朋友，是最铁的兄弟，是从幼儿园开始就一起捣蛋、一起扯女孩子头发的损友，我曾经笑着问："陈朗、顾白，你们是连体婴儿吗？"

"不。"我还记得当时的你微笑着对我说，"我们不是连体婴儿，我们是一双筷子。"

如果一双筷子丢了一只，那么，剩下的那只，就什么都做不了了。

我伸手，想要接过陈朗一直举着的那张纸巾，在指尖触碰到纸巾的瞬间，纸巾却被人狠狠地拍到了地上。

我仓皇地抬头，笔直撞进伊秋阴冷的眸光中。她的表情满是憎恶，看着我的目光，仿佛要将我千刀万剐似的，那是无法掩饰，也根本不想掩饰的恨意。

"你别假惺惺地哭了。"伊秋冷冷地说，"你没有资格哭。"

"对不起。"我小声地说道。

"对我说对不起有用吗？"伊秋像是被踩中尾巴的猫，原本藏在肉里的利爪一下子探了出来，"说对不起，顾白就能回来了吗？不要一副被人欺负的样子，都是你的错！"

是，都是我的错。

"伊秋，你少说几句吧。"馨雅拉了我一把，她往前走了一步，将我挡在身后。

我怔怔地看着她的后背，心里酸涩得厉害。

"哼。"伊秋冷哼了一声，眼神带着嘲讽，"苏馨雅，你这么维护她，不怕顾白心寒吗？你可是顾白的表妹，你忘记是谁害死顾白的吗？"

"那不是小夏的错。"馨雅声音很坚定，没有一丝犹豫，"谁也不希望发生那种事情，那只是意外，伊秋，你怎么能这样？你不觉得这么对自己的亲妹妹，太残忍了吗？"

"闭嘴！"伊秋尖着嗓音喝道，"苏馨雅，你给我闭嘴！"

馨雅上前一步想要和伊秋理论，我伸手抓住了她的手臂，馨雅回头看我，眼神满是愤怒。我朝她轻轻摇了摇头，用眼神示意她什么都不要说了。

"都少说几句吧，如果顾白在这里，一定不希望看到你们争吵的。"陈朗拉住伊秋，将她往后拉了一步，"走吧，我们进去吧。"

伊秋冷冷地看了我一眼，眼神有一丝不甘，不过她没有再说话，而是拉着自己的行李箱，飞快地走进了C大的校门。

"太过分了，伊秋。"馨雅还在为我打抱不平，"没见过这种姐姐。"

"不是的。"我摇了摇头，自责地说道，"不是这样的。确实都是我的错！"

伊秋是我的姐姐，只比我大一岁，其实不仅是姐姐，馨雅还有陈朗，甚至是顾白，他们都大我一岁。

小时候，姐姐总是像小大人似的照顾我，保护我，在她眼里我是骄傲。

是从什么时候开始，姐姐在面对我的时候，再也不会微笑，再也不会照顾我，保护我，甚至在看我的时候，目光里都带着一丝憎恶？

"你别替她说话了。"馨雅愤愤不平地说道，"我们先去报到吧，站在大太阳底下怪热的。"

我看着C大的校门，那就像是一道屏障一样，跨进去，这个燥热的暑假就会彻底结束。

我的脚下像是生了根一样，本能地抗拒往前走，好像不走那一步，时间就会永远停留在这个暑假。

这个暑假，是有顾白存在的最后一个暑假。

"走吧。"馨雅绕到我的背后，用力地将我往前推了一下，我踉跄地往前走了一步，心在这一刹那猛地一阵绞痛，我下意识地回头看了一眼。

苍白色的日光很刺眼，被眼泪迷蒙的双眼，其实看不清楚眼前的风景。

迎风摇摆的树冠里，我好像看到顾白安静地站在那里，像一团开在静水里的白莲花，眉目温润，唇边是一抹浅浅的笑意。

他就在那里，在这个暑假，在C大的校门外。

我伸手想要抓住他，却根本什么都抓不住。

抓不住的啊，顾白！

无论多少次伸手，无论多少次喊你的名字，你都不会回应我了。

"别这样，小夏。"馨雅的声音有些哽咽，"那里什么都没有。"

是的，什么都没有。

那不过是我看到的一个幻影而已，会微微笑，会揉乱我额前的发，会轻声喊我"小夏"的那个人也已经不在了。

可是顾白，我从未告诉过你，我喜欢你，喜欢你喜欢了好多年。

我什么都没来得及对你说，你就在我的世界里，从一个参与者，变成了一个苍白色的回忆。

蝉声在耳边无限放大，树冠里的少年，刹那间分崩离析。

而我的指尖，最终只抓住了自己满是冷汗的掌心。

02

我曾经想过一个问题，都说人身体的细胞每七年就会更换一次，也就是说，七年后的那个人，其实已经不是原先的那个人了。

那么，对于一个人的记忆，是不是也会在第七年的时候，随着细胞的新陈代谢而从身体里消失呢？

我没有来得及想出这个问题的答案，因为就在顾白去世后的第三个月，大学开学的第一天，我遇到了乔言。

那时候我和馨雅才在报到处报到完，领了钥匙朝寝室楼走。

天空蓝得近乎透明，阳光落在身上，热辣辣的，我的心情却仍旧沉浸在刚刚的悲伤中。

我曾想，我大概一辈子都无法再开心起来了，直到很久很久以后，再回想起这段灰色的时光，我才发现这时候的自己，真是太脆弱，太像一只把头埋进沙子里、不肯直面自己内心的鸵鸟了。

"咦，真的是你？"这是乔言见到我时，对我说的第一句话。

那会儿我和馨雅站在香樟树巨大的阴影里，乔言自不远处朝我走来。

他走得很快，眼底藏着一丝喜悦。

"小夏，是你认识的人吗？"馨雅在我耳边，用略带困惑的声音问道。

我茫然地摇了摇头，然后仔细地回想了一下，确定我没有见过这个人。而他的表情和眼神，都表明他是认识我的。

这时候他终于走到了我面前，我再次打量了他一眼。

是个瘦瘦高高的少年，被枝叶切得碎碎的阳光落在他乌黑的碎发上，星星一样闪闪发光。他的眼神带着笑意，额头和鼻尖都缀着汗珠，整个人都透着一股热辣辣的活力。

"你可能现在还不认识我。"他笑看着我说，"我是乔言，很高兴认识你。"

"喂，有你这么跟女生搭讪的吗？"馨雅抓住我的手臂，将我拉到她身后，小小的馨雅比我矮了半个头，却总是这样站在我面前保护我。

"这么搭讪，不可以吗？"乔言毫无退意，脸上的笑容更加深了一些，"我不太擅长迂回路线，而且学校这么大，我怕现在不来搭讪，以后就遇不到了。那样多遗憾？"

"第一次见人搭讪都这么理直气壮的。"馨雅被他气笑了，不过她还是从我面前让开了。

乔言再次将目光落在我的脸上，认真地问道："可以告诉我，你的名字吗？"

"我们以前……见过吗？"我有些介意他刚刚说的那句话，他给我的感觉似乎是认识我的，但如果认识，那就不必问我的名字吧！

"大概吧，上辈子的时候。"他嬉皮笑脸地说，"看过《红楼梦》吗？贾宝玉第一次见到林黛玉的时候，不就说，这个妹妹好像在哪里见过吗？那时候，黛玉也觉得在什么地方见过宝玉。"

"你以为你自己是贾宝玉吗？"馨雅忍不住小声地嘀咕了一句。

"说不定哦。"乔言微笑着看着馨雅，馨雅愣了一下。

"没事的话，我们要去寝室了。"馨雅拉住了我的手，将我拉着往后退了一步。

乔言还想说什么，然而馨雅不打算让他说下去

她拽着我就往前跑，跑了一会儿，我回头看了一眼，却见他还站在那里。阳光下，他整个人都透着光似的，见我回过头，抬起手冲我挥了挥，仿佛我是他很熟悉的旧友。

"到了大学，真是什么样的人都有。小夏，一定要注意点儿，不然被人

卖了还会乐呵呵地帮人数钱呢。"馨雅嘀咕着说,"不过话说回来,那家伙长得还挺帅的。难道说,帅哥都会用这种非同一般的搭讪方式?"

我被馨雅的话逗乐了,开始的悲伤心情,被乔言一打岔,又被馨雅这么一说,似乎已经暂时被阳光驱散开来了。

但我知道,那忧伤仍然潜伏在我的心里,只不过找了一个见不到光的角落,安静地潜伏了起来。

回过头来跟着馨雅继续往前走,当灿烂的日光照进我眼睛里的一瞬间,我忽然意识到,我刚刚还没有告诉乔言我的名字。

不过大概,那个叫乔言的男生,也只是一时兴起,或者是恶作剧,所以才会来问我的名字吧。脑海中浮现出那张璀璨的笑脸,心里某个角落,感觉到了轻微的颤动。

能笑得那样灿烂,那样无忧无虑,真让人羡慕。

我想,我此生已无可能再活得那样灿烂快乐了吧!

我和馨雅的寝室在一楼,领了床单、被褥等生活用品后,我们就进寝室安置下来。这时候陈朗的电话打了过来,他问我和馨雅有没有收拾好,如果好了,就去食堂一楼和他会合。

"走吧,饿死了,午饭到现在还没吃呢。"馨雅抓起寝室的钥匙,喊了我一声,快步走出了寝室。

我慢吞吞地跟在她后面,陈朗应该没有喊伊秋吧!

如果他喊了伊秋,我是不是应该留在寝室里呢?

"小夏?"馨雅见我慢悠悠地落在后面,便停下脚步,等着我走过去,"走快点儿啊!"

"来了。"我应了一声，咬牙追了上去。

总不能一辈子都躲着伊秋吧！而且不管怎样，不管曾经发生过或即将发生什么，她都是我的亲姐姐，这一点，是永远都无法改变的。

哪怕除去这一点之外，她还是差一点儿就成为顾白女朋友的人。

是的，我和伊秋之间，隔着一个顾白。

因为顾白的死去，我们变成了水火不容的关系。

怀着有些忐忑的心情走到食堂，找到坐在角落里的陈朗，在环顾了一圈没有看到伊秋的身影时，我悄悄地松了一口气。

虽然来的路上我已经做好了被伊秋指责的准备，但我果然……还是有些不敢面对伊秋。

"吃饭吧，吃了饭还得去系里开大会呢。"馨雅笑着说，"陈朗，你没有喊伊秋吗？"

03

馨雅的问题一问出口，我明显感觉到陈朗愣了一下。

馨雅似乎发现了这一点，忙将话题扯开了，她说："走吧，去买饭吧，来到大学的第一顿饭，还是有些期待的。"

她说完，转身就往前走。我和陈朗跟在后面，慢吞吞地往前走。陈朗的手插在口袋里，瘦高的身形看上去分外俊秀。

曾经这个人的身边，形影不离地站着顾白。可是现在，顾白已经不可能再站在这里了。

心里有点儿难受，刚刚好起来的心情，又一次沮丧起来。

"别难过。"陈朗轻声说,"开心些吧,小夏。"

"我没有难过啊!"我深吸一口气,对他露出一个笑脸,"真的,之前……谢谢你。"

之前在校门口,他给我递了一张纸巾,尽管那张纸巾被伊秋拍掉了,但我应该对他说声谢谢的。

陈朗怔住了,不过很快反应过来我为什么道谢,轻笑了一下说:"干吗这么客气,我们之间……不用这么生分的吧?"

我没有说话,因为一时间我不知道要说什么好。明明顾白还活着的时候,我是最活泼的那一个,永远有说不完的话,永远不知道忧伤难过是什么。可是顾白不在了,像是将我的快乐和喜悦也一并带走了。

走到买饭的窗口,馨雅已经买好了饭,她端着餐盘走过我身边的时候说:"我先去找个位子,你们快点儿。"

"好。"我应了一声,随便买了几样饭菜,端着餐盘朝着馨雅挑的位子走去,然而才走了几步,就听到一个充满活力的声音传来。

"咦?我们还真有缘分,这么快,又遇到你了。"是乔言,他手里端着餐盘,一双漆黑的星目灼灼地看着我,脸上带着灿烂的微笑。

他端着餐盘朝我走来,那样子,像是要和我们一起吃饭。

"这是?"跟在我身后的陈朗不解地看着眼前的这个人。

"我是乔言,你好。"乔言做了一个自我介绍,然后端着餐盘在馨雅的斜对面坐下。

陈朗的眉心似乎皱了皱,他端着餐盘在乔言身边坐下,这么一来,我只有乔言对面的位子可以坐了。馨雅像是意识到了这一点,连忙站起来,端着餐盘挪到了乔言对面，她抬起头，很得意地对乔言露出一个挑衅的微笑。

乔言也不在意，脸上的笑容反而更加灿烂了一些。

我默默地在陈朗对面坐下来，瞬间气氛变得有些诡异。大家都沉默着，没有人说话，每个人都只是埋头吃着自己的饭。

过了好一会儿，还是乔言打破了沉默。

他说："你们以前都是一个高中的吧？"

"是，我们是很好的朋友。"这一次不是馨雅先开口，而是陈朗接过了乔言的话头，"你似乎不是我们学校的吧？"

"是啊！对了，我还是不知道你的名字呢。"乔言忽然想起刚刚没有问到我的名字，便笑着对我说，"我刚刚还在沮丧呢，不过看样子老天都在帮我，你要是不告诉我名字，我们肯定还会偶遇的。"

"这是什么道理？"我忍不住问，"还有，你为什么这么执着地想知道我的名字？"

"因为我觉得，我对你一见钟情了呀！"他眉眼弯弯，笑得很灿烂。

明明是这么轻佻的话，眼神却一点儿都不轻浮，反而在那星海一样漆黑的眼眸里，藏着一抹认真。我忙将视线挪开，怕自己一不小心溺死在那双眼睛里面。

乔言说完这句话，所有人都愣住了，包括馨雅和陈朗，尤其是馨雅，看怪物似的看着乔言。

"喂，你真的假的啊？"馨雅的声音里带着浓浓的不可思议，"这个玩笑开得有点儿大啊！"

乔言缓缓地将视线从我脸上移开，微笑着看着馨雅，说："你怎么会以为我在开玩笑呢？之前我就没有开玩笑啊，我一直都很认真的好不好？"

馨雅一脸纠结，她张了张嘴想说什么，却又不知道要说什么，最后只嘀咕了一声："这不科学，这很不科学啊！"

"爱情本就不是一件讲科学的事情嘛！"乔言说完便不再看着馨雅，继续看着我的脸问，"现在，可以告诉我你的名字了吗？"

我的心情说不出的微妙，若是换个地点，我都要觉得这个人是神经病了。

"伊夏，我叫伊夏。"我想了想还是告诉了他我的名字，"那个……以后不要再说这种话了。"

不要再这么理所当然地说出我对你一见钟情的话。

"哦，如果你不喜欢的话，那我以后就不说了。"他倒是很配合，"我们交换一下手机号码吧！或者留个微信、QQ之类的联系方式？"

"这个就不用了吧！"这个时候，陈朗插进来说道，"大家刚认识，还没有熟到可以随便交换这些很私人的信息的程度吧？"

我很感激地看了陈朗一眼，他很从容地坐在那里，神色自始至终都很淡定的样子。

乔言愣了一下，听了陈朗的话之后，略微思考了一下，跟着他深以为然地点了点头，一脸"你说得很有道理"的表情。

"的确，才第二次见面，那就下次吧！伊夏，如果下次再偶遇到你，你就一定得告诉我你的手机号码哦！"

他说完冲我们灿烂一笑，然后端着已经空了的餐盘站起来朝出口走去。

走了几步后，他停下脚步，回头冲我们挥了挥手说："我先走了，你们慢慢吃。"

我们默默地目送乔言离开，直到他的身影消失了，我们才收回视线。

"这个人还真是……"馨雅有些唏嘘地说，"他不会真的对小夏一见钟情了吧？"

"应该只是开玩笑的吧。"陈朗淡淡地说道，"毕竟现实里，哪里有那么多的一见钟情？"

"可是那样的话，他为什么会跑来搭讪呢？像他那样的男生，应该不愁交不到朋友吧？"馨雅显然想得比较多，她推了推我的手臂说，"小夏，你要做好心理准备，我感觉这个叫乔言的男生，他好像真的没有在开玩笑。"

"吃你的饭吧。"陈朗拿着鸡腿塞进了馨雅的嘴巴里，"不是说吃完了饭，还要去系里开大会吗？"

"呜呜呜……"馨雅想说什么，奈何嘴巴里堵了一个鸡腿，以至于说了什么，根本没人听明白。

不过这么一打岔，刚刚的话题就岔开了。

我一言不发地吃完了午饭，心里的困惑感却越来越浓烈。

那个叫乔言的男生，到底是在开玩笑，还是说真的呢？

陈朗说，现实里哪里有那么多的一见钟情，可他不知道，其实是有的。因为曾经的我，还是个小女孩的时候，就对顾白一见钟情了。

04

第一次见到顾白，是在小学五年级的时候，他是姐姐的同学，已经念六年级了。

我仍记得那天是周末，秋蝉趴在枝头叫个不停，刺目的阳光透过枝丫，在地上留下斑斑驳驳的阴影。那天我要去图书馆看书，偏偏爸妈都没有时间送我去。而就在这时候，姐姐推着自行车走了出来。

"来吧，我正好和同学约好了去音像店买英语课要用的CD，我把你送到图书馆。"姐姐笑着招呼我。

那时候的伊秋，温柔体贴，是我引以为豪的姐姐，还没有变成现在面目狰狞的模样。

我坐在姐姐的脚踏车后面，姐姐将车踩得仿佛要飞起来，清脆的铃铛声回荡在巷子里，斑驳的树荫在她连衣裙上留下深深浅浅的影子，她长长的头发被风吹起来，扫在脸上痒痒的。

她载着我，一路冲向音像店，因为图书馆比音像店远，她要去和约好的同学说一声，然后再送我去图书馆。

于是就在音像店外面，我第一次见到了顾白。

街边硕大的榕树在地上留下伞盖似的阴影，音像店在放着一首莫文蔚的老歌《盛夏的果实》，而白衬衫的顾白，背依着青灰色的砖墙站着。他听到脚踏车的铃铛声便抬起头来，正巧那时我的视线朝他望去，于是我们的视线在半空中相遇了。

那一刹那，我似乎听到了花开的声音，有什么东西，落在我懵懂的心底，然后一直潜伏着，很多很多年后，当我意识到我喜欢顾白的时候，我努力回想是什么时候觉得他是那么特别，那么不一样的，想到最后，我觉得自己是个笨蛋。

为什么要困惑呢？

就是在见到他的第一眼啊！

"顾白，你已经到了啊！"我正在想，这个温柔得像一团青莲的少年叫什么名字，姐姐就笑着喊了出来，"我还以为我是第一个到的呢。"

"谁说你是第一个？你迟到了好不好？"馨雅从门后面探出头来，她的模样和顾白很像，我第一次见到她的时候，差点儿误以为她是顾白的双胞胎妹妹，因为没有张开眉眼的少女，和那个少年，有一双近乎一模一样的眼睛。

"怎么可能？我看好了时间啊。"姐姐从自行车上下来，她看了下时间，叫了起来，"呀，我的手表没电了！"

"哈哈，伊秋，你这个大笨蛋。"馨雅笑着，将在书店里面听CD的陈朗喊了出来，"陈朗，我就说吧，伊秋是个超级大笨蛋！"

我站在姐姐身后，看着他们笑笑闹闹的，心里有一丝小小的羡慕。

真好啊，他们看上去是那么的快乐，不像我，平时有时间就在学习，而和我要好的同班同学，也都是班上的尖子生，从来不会在周末的时候约着一起出来玩。

"伊秋，你身后的小女孩是谁啊？"顾白发现了不说话的我，像是看出了我的向往似的，他一步一步朝我走来。

小学时候的我，虽然只比姐姐小一岁，可是身高比姐姐矮了将近一个头，看上去要小姐姐好几岁的样子。

"我不是小女孩，我是伊夏。"我歪着头看着顾白。

顾白愣了一下，随即眼睛一亮，他说："原来你就是伊秋的学霸妹妹啊，我知道你，每次都考年级第一的。"

我睁大眼睛看着他，原来他知道的吗？

"哎哟，一直听伊秋说自己有个学霸妹妹，今天可算见到了。"馨雅这时候扑过来走到我面前，她只比我高了一点点而已，"伊秋，你终于舍得把你妹妹带来跟我们一起玩了吗？"

"你别闹她。"伊秋笑着说，"我要送她去图书馆，你们别打扰她学习。小夏和我们不一样，她最喜欢学习了，要是考不到第一名会哭鼻子的。"

"可是一直学习，有什么乐趣啊？"馨雅说，"学习也不是生活的全部，适当的娱乐也很重要啊。"

"不能让你们带坏我妹妹。"姐姐将我挡在身后，她和顾白他们说了一声，然后就推着脚踏车掉了个头，"走啦，小夏，我送你去图书馆，到时间了我去接你。"

我下意识地回头看了一眼，顾白仍旧靠在墙壁上，陈朗站在他身边，一只手搭在他肩膀上，他低着头，不知道在看些什么。而馨雅，她冲我做了个鬼脸，一副鬼灵精怪的模样。

"姐姐。"我抓着姐姐的腰，轻声喊了她一声。

"嗯？"姐姐应了我一声。

"他们都是你的好朋友吗？"我问。

姐姐笑着回答我："是啊，他们都是我的好朋友，顾白、陈朗，还有苏馨雅，都是我重要的好朋友。"

我仰头看着碧蓝的天空，那一丝小小的羡慕，慢慢地酝酿成了向往。真好啊，我也想像姐姐那样，有那样一群朋友。

"顾白和苏馨雅，他们是双胞胎吗？"我不解地问。

"不是哦，你怎么会这么问啊？他们长得完全不一样啊。"姐姐有些惊讶地回头看了我一眼，"不过他们虽然不是双胞胎，但也有关系的。顾白是馨雅的表哥，而陈朗是和顾白从小一起长大的，我们都是一个班级的。我和馨雅处得好，于是顾白和陈朗，也和我处得不错。"

"原来是表哥。"我恍然大悟，怪不得他们会那么像。

"是啊，是表哥。"姐姐说，"而且他们好像原本就不像吧，至少我没看出来他们哪里像。"

"不会啊，我第一眼看到他们，就觉得他们长得特别像。姐，你不觉得他们的眼睛长得一模一样吗？"我问。

姐姐愣了一下，然后仔细地思考了起来，过了好一会儿才说："还真没注意呢，一直都没太仔细看顾白的长相，一会儿一定要好好研究研究。"

这么说着话，图书馆已经近在眼前了。姐姐将我放在图书馆前面，说好下午四点钟的时候来接我回家，然后就蹬着自行车，一阵风似的远去了。

她的裙摆扬起来，漆黑的发丝，额头上的汗水，都显得那么有活力。

真好啊，我望着她的背影，真羡慕姐姐，可以那样充满活力地活着。一直以来，她都是我憧憬的存在，我想成为姐姐那样的人，哪怕成绩不好也没关系。因为她是那么快乐，快乐得像是感受不到这个世界的忧伤。

很多很多年后，我觉得很不可思议，因为后来一度我成为了姐姐那样的人，可是姐姐变成了当年的我。

到底是在哪里出了错？

等我意识到这一点的时候，我和姐姐之间，已经再也回不去这样融洽的时光了。

只是这一次偶遇，让我萌生了跳级的念头。

真的很想和姐姐的好朋友们也成为好朋友啊！

后来，因为一个契机，我就真的央求了爸爸妈妈，让他们同意我在期末的时候和姐姐他们一起破格参加小升初的考试。一向对我有求必应的爸爸妈妈也觉得我成绩足够好，六年级跳过去也可以让我节省一年的学习时间，所以找了校长谈这件事。

因为一直以来我都是出名的学霸，年年稳拿第一，校长稍微考虑了一下，便毫无悬念地同意了爸爸妈妈的提议。

那一年，我也没让他们失望，和姐姐一起考入了理想的中学。

05

九月的阳光，仍旧热辣辣的，照得人懒洋洋的，很想躲回寝室去睡觉。

馨雅拉着我在一排一排的教学楼里，寻找我们系的大教室。

教学楼里，走来走去的都是大一的新生，脸上还挂着高中时代的青涩和孩子气，但这种青涩，只需要短短的几个月就会褪得干干净净。

长大，其实也不过是一眨眼的事。

好在我们的教室不难找，进大教室的时候，里面已经有很多人了，每个人的脸上都写满了兴奋，交头接耳地忙着互相认识。一个大大的阶梯教室，硬是吵成了菜市场。

"我们系男生还不少啊！"进了教室之后，馨雅跟我说的第一句话就是这个。

我扫了一圈，的确是这样，我和馨雅的专业，男生女生还算平衡。听说有的专业，一眼望去，大多数都是女生。

很多人的目光都落在我和馨雅脸上，其实这种目光我并不陌生。虽然我并不想自吹自擂，也并没有自我感觉良好，但是爸妈的良好基因，很好地传给了我和姐姐。

在上中学的时候，我和姐姐在学校就挺有名的。因为我们是姐妹，又念同一个班级，我就算跳级，也每次考试总能考第一名。再加上姐姐那一头乌黑秀丽的长发，不知道让多少男生将她视为梦中情人。

想到这里，我下意识地摸了摸自己的头发，原本及腰的长发，现在只到耳边了。

小时候，姐姐一直都是长发，而我总是假小子似的，留着不过耳的短发。开始留长发，是上了初中之后的事情。

还记得当时我和姐姐他们一起参加升学考试，考上了之后去学校报到，碰到了她的那些好朋友。

"真厉害啊，小夏。"顾白站在我面前笑着对我说，"比我们都小，却跳级和我们念一个年级。"

"没，没什么啊！"我心里其实很紧张，但脸上露出无所谓的表情，尽量让自己看上去淡然一些。

顾白抬手敲了敲我的额头，他说："真是个不坦率的小女孩，高兴的时候就笑，难过的时候就哭，为什么要将自己真正的情绪藏起来呢？"

"我才没有！"我嘴硬地否认，"还有，我不是小女孩，我是伊夏。"

"好好好，你是伊夏。"顾白莞尔一笑，他从口袋里掏出一样东西递给我，"作为我们变成同学的礼物，送给你。"

我的心脏不知怎么的，突然之间，"扑通扑通"跳得特别厉害。我的手握成了拳头，一时间不知道该怎么办才好。因为长到这么大，除了姐姐和家人，我还没有从别人那里收到过礼物，尤其还是男生。

顾白伸手拉住我的手，然后轻轻打开我握紧的拳头，将手里的东西放进了我的手里。

他说："就说是个不坦率的小女孩。"

我张了张嘴想说什么，但话到了嘴边什么都没能说出来。

躺在我掌心的，是一只晶莹剔透的水晶发卡。

他说："小女孩，把头发留长吧。"

"我才不要！"我说完，抓着发卡就跑掉了。等到跑出去很远很远，我才发现自己的脸很烫很烫。低头看着手心的发卡，我在心里嘀咕了一声：谁要留长发啊！

那种麻烦的事情，会浪费我很多学习的时间的！

然而我的嘴角，却无意识地往上翘了起来。从那之后，我没有再去剪过头发，时光荏苒，一头假小子的短发，在中考的时候，已经变成了及肩的中长发。我的头发长得很慢，三年的时间，也不过只长了那么一点点长。

"在发什么呆啊？"这时候馨雅轻轻推了我一下，她的语气有些激动，"快看，我们的辅导员真帅！"

我的思绪从回忆的泥潭里回到了现实，顺着馨雅的目光望去，只见一个瘦瘦高高的男人，臂弯里携着一本花名册，正好走到了讲台边上。

他戴着一副黑框眼镜，细长的狐狸眼藏在眼镜背面，单薄的嘴唇一弯，露着一抹微笑。

不知道为什么，第一眼看到这个人，就让我觉得这个人应该是个很腹黑阴沉的家伙。

很多女生都很激动，纷纷交头接耳地讨论这个帅帅的辅导员。

我却一直盯着他的嘴巴，总觉得他的嘴巴很像顾白，只不过顾白的微笑给人温暖的感觉，而这个人给人狡猾的感觉。

"我知道我很好看，不过你们应该更想知道我的名字吧。"他开了口，声音很清润，很符合他的长相，他拿起粉笔在黑板上写下了两个字"顾白"。

我猛地僵在了那里，然而在我僵住的时候，他手下的动作没有停，在白字的右侧继续写着，最终落笔的时候，黑板上留下了"顾皎"两个字。

我感觉到自己的后背浮出一层冷汗，不由得苦笑了一下。

我以为自己已经能够克制自己的感情，可是不过是两个相似的名字，就让我如坐针毡，情绪像脱缰野马似的失控。

后面他说了什么，我完全没有注意听，脑中乱糟糟的。

顾白啊顾白，你知道吗？在你离开后的第三个月，你的名字，仍然是我不能触碰的禁忌。

系里开完会，就是每个班级自己开会。顾皎没有留在我们班级，他是整个系的辅导员，但同时他还带我们班级。

第一天的班会，自然是大家自我介绍互相认识为主题，不过除此之外，还要选出班委会的成员。

"班委会成员的选择，就按照你们进入大学时的名次来吧。"顾皎的目光似笑非笑地从我脸上扫过。

我有些茫然，并不在意他按照什么标准，因为那和我没关系，我并不在意谁当班长，谁当学习委员。

然而很快，我就知道这件事与我并非没有关系。

"伊夏，你排名第一，班长的任务就交给你了。"镜片背后的细长狐狸眼里，似乎闪过一抹狡黠的光。

我怔住了，下意识地想拒绝，然而他很快又接着往下宣布其他班委会成员了。

如他所说，他是按照名次来定班委的，虽然这种方法现在已经很少有人用了。

如果不是确定之前不认识他，也并没有给他留下什么不好的印象，我都要怀疑他是故意这么做，故意让我当班长了。

然而这猜想毫无根据，所以我很快就将这个想法抛诸脑后了。

眼下重要的并不是这个，而是怎么和他说，我不想当这个班长。

"馨雅，一会儿你等我一下好不好？"我想了想，决定等班会结束了，单独找他说一下。

大学四年，我想要的只是安安静静地度过，不想出任何风头，也不想管任何杂事。

然而等班会结束，顾皎却急匆匆地走掉了，我坐在那里，看着黑板上他留下的电话号码，一时间很茫然，不知道要怎么办才好。

"还是改天再找他说你不想当班长的事情吧。"馨雅见状说道，"走吧，我们先回寝室。"

　　我将那串号码记了下来，然后将手机放进口袋里，跟馨雅一同走出了教室。不管怎么样，我都要说服顾皎，让他选另外的人当班长。

第二章
CHAPTER 02

Waiting
For The Summer Snows

【乔言·霜降】

将东风解下，乘着思念去远行，早春的大雾迷迷蒙蒙，是谁发梢的余温，熨烫了心里愈合不了的伤痕？

就这样吧，就这样醉在东风里，把思念酿成一坛浓烈的酒，就着泪花饮下。

这样的话，心中的那个人，一定会入梦来吧！

01

我说了谎。

当伊夏问我，我们是不是在什么地方见过时，我对她说了一个谎。

但除此之外，我并没有骗她，我的确对她一见钟情，只不过一见钟情的时间，并不是在开学那天。

第一次见伊夏，是在高考结束的那个暑假，那时候她还有一头及腰的长发，一双眼睛亮得仿佛落了一整个太阳，她的微笑实在有感染力，以至于我见到她的那一瞬间，就再也没有办法将视线从她脸上移开。

她就像个天然的磁铁一样，一旦被她的微笑捕获，便只能乖乖地缴械投降，不自觉地朝她靠近。

她一定不知道自己有多美好，所以才会肆无忌惮地挥霍着自己的微笑。

那天我本想上前与她搭讪，但后来出了一件事，以至于我错过了最好的时机。

我本以为我大概这辈子都无法再与她重逢了，然而开学那天，上天给了我一个巨大的惊喜。

虽然她的长发变成了短发，虽然她的眼睛里失去了闪耀的星光，虽然她的笑容消失了，但我确定她就是那个女生，就是那个让我心心念念，记挂了整个暑假的女生。

不想再次错失与她认识的机会，于是，我第一时间上前与她说话。虽然我知道我的行为看上去很轻佻，就像大街上随意搭讪漂亮女生的小混混。

她的朋友很维护她，害怕我是坏人，所以将她保护得很好，好到那次相遇，我都没能问到她的名字。不过既然都在这所大学，既然有一次相遇，那就一定会有第二次相遇的，就算没有，我也会创造机会，一定要再次与她偶遇。

事实上我做得很好，我在食堂边上的小超市里等了很久，终于看到她和她的朋友路过我面前。我跟了过去，然后买好饭，假装是偶遇一样，再次出现在她面前，只是每次遇见她，她的身边都有人，现在除了苏馨雅，还多了一个陈朗。

不知道是不是我多心，我总觉得陈朗在防备着我，总是若有若无地阻止我和她说话。

不过就算这样，我还是知道了她的名字——伊夏。

原来她叫伊夏，脑海中浮现出第一次见她的模样，她的笑容的确像夏天一样。这个名字很好听，很适合她。

我本想趁热打铁要到她的手机号码，那个叫陈朗的，却再一次出来添乱了。大概只要有陈朗和苏馨雅在伊夏身边守着，我就不可能和伊夏有再多的接触了。明白了这一点，我就离开了，反正来日方长，我总能再次遇到她的。

只是我没有想到，再次遇到她，竟然是军训结束之后的事情了。

那天我去辅导员办公室，正巧看到她站在走廊里。一般人军训完了，总会黑上很多，然而她是个例外，非但没有变黑，反而脸色变得更加苍白。

我摆出一个微笑的表情，正想上前与她说话，然而就是这时，有个戴着眼镜的年轻男人踩着楼梯走进了走廊。他见到伊夏，嘴边露出一个浅浅的笑容。

"进来吧。"我听到他这么说。

我有些困惑，那个人我如果没记错的话，应该是他们专业一年级的辅导员老师，她来找辅导员做什么？

想了想，我便跟了上去。

我贴着墙壁站着，那个辅导员的办公桌靠着门口，所以我站在那里，可以轻而易举地听到他们的对话。

"顾老师，你应该知道我来找你是因为什么。"伊夏的声音听上去有些焦急无奈，"马上就要正式开学了，我真的不适合做班长，麻烦老师你撤掉我班长的头衔吧！"

"你也应该知道我要说什么啊！"那个帅帅的辅导员低声说道，"理由还是一样的，不能为你一个人搞特殊化，班上所有班委会成员都是按照名次定的。如果班长要用另一种方式选举，那其他班委会成员也需要这么做。但是那样很麻烦，我是个讨厌麻烦的人，所有我不会那样做的。"

"可是我真的不适合当一班之长啊！"她略微抬高声线。

"适不适合要等试过之后才知道。如果这个学期你的确不能胜任，我会考虑撤掉你班长的职务的。"他说完，翻开一本教案，显然是不打算继续和她说下去。

伊夏见状，也不多说什么，只是倔强地站在那里，站了很久很久。很多次，我都想冲进去帮她说说话，可是我忍住了，因为我没有立场这么做。而且这种事情，只有她自己能够解决。

大概僵持了半个小时，辅导员接了一个电话，然后就拿着手机走了出来。他发现了站在外面的我，眼波微微闪了闪，然后转身走开了。

辅导员走了，伊夏应该也会走吧！想到这里，我连忙拐进了边上的开水间。果然，我前脚刚进去，后脚伊夏就出了办公室。我走出开水间，假装是偶然遇见一样，走上前与她说话。

"伊夏！"我喊了她一声，她仓促地回头，眼神仿佛受了惊吓的小鹿一样，有些不安，"真巧啊，我们又遇见了呢！"

"这个学校真小。"她忍不住小声说了一句。

"这个学校明明很大。"我知道她大概并不期待见到我。

也是啊，对她来说，我不过是个陌生人，甚至我轻浮的搭讪还给她留下了不好的印象。

"大到我要花好久的时间，才能再次遇见你。"我发自内心地说道。

她怔住了，然后停下脚步，过了好一会儿才说道："可不可以不要再对我说这些轻佻的话？这个玩笑一点儿都不好笑。"

我很想再次对她说一声这不是玩笑，可是我知道她不会相信的。为了不让她对我的印象更坏，我点点头说："好吧，不说也行，那我们先从朋友做起吧，多个朋友多点儿快乐不是吗？"

我从口袋里翻出手机来："我记得上次说过吧！如果再次偶遇，就将你的手机号码给我。"

这一次她并没有拒绝我，而是直接找出自己的手机递给我。

我接过来，在她的手机里存入了我的电话号码。

在开学之后的第三个星期，我觉得我终于稍微地朝她走近了一步。但她在我眼里，仍然像是隔着一层迷雾一样，明明几个月前见到她，她是那样清新鲜活。

"你这样的人，一定不会缺少朋友吧。"她将手机重新塞回口袋里，"你是真的，对我一见钟情了吗？"

我的心脏猛地漏跳了一拍，我绕到她面前，低下头看着她的眼睛。我想让她看到我眼底的真诚和认真，然而她偏过头，不看我的眼睛。

她在逃避着什么，并且她很不快乐，她已经不是我第一次见她时的那个像夏天一样的女生了。

这一时这一分这一秒，我无比清晰地认清了这个事实。

02

暑假到底发生了什么？

是什么让一个那么快乐的女生变成了现在这样一脸忧伤的模样？

我的心中充满了困惑，这个问题的答案，我想知道。

和伊夏在教学楼下面分开，我没有回寝室，而是折回了办公楼。走进办公室的一瞬间，我有些惊讶，明明是接了电话走出去的辅导员，此时正四平八稳地坐在办公桌前。

他见我进来，冲我微微笑了笑，躲在镜片后的眼睛里，露出一抹意味深长的眸光。

我走到他面前，问他："你刚刚是故意走开的，是吗？"

"是。"他并没有否认，而是微笑地看着我，"你有什么疑问吗？"

"为什么？"我不明白，伊夏不想成为班长，本人有强烈的抗拒情绪，那么任何人都不能强迫她吧，更何况大学里，任命班委根本不会用排名次这种方式。

"什么为什么？"不知是真不懂还是故意装傻，他放下手中的签字笔，静静地看着我。

"你知道我在说什么的。"我确定这个人在装傻，他绝对知道我想知道什么，虽然我是第一次和他说话，但是我的直觉告诉我，这个人和伊夏之间，一定有某种联系。

"同学，你似乎不是我们系的，也不是我们班的吧。"辅导员说，"是不是应该先做个自我介绍？"

我拉过一边的椅子坐下，不卑不亢地说道："我叫乔言，和你们班的伊夏是朋友，我想关心一下朋友的事情，可以吗？"

"当然可以。"辅导员也跟着自我介绍道，"我姓顾，顾皎。"

"顾老师，您好。"我礼貌地说道，"现在可以回答我的问题了吗？"

"我要回答你哪一个问题呢？"他似笑非笑地看着我。

"刚刚为什么要故意走开？既然伊夏不愿意当班长，为什么一定要让她当呢？"我不给他装糊涂的机会，我想知道关于伊夏的事情，想让她不再困扰，想让她……再次露出那种微笑。

"因为我觉得她适合当班长。"顾皎淡淡地说道，"人的潜能都是逼出来的，有时候稍微强硬一点儿，也许会起到很不错的效果。"

"你怎么知道她适合？"我才不相信他的鬼话，他是学校的辅导员，伊夏是刚入校的新生，他了解她什么啊？

"因为我是她的辅导员，这个回答你满意吗？"他藏在镜片后的眼睛，让人看不出深浅。

"谢谢，可以了。"再继续问下去也毫无意义，因为我什么都不知道，因为不知道，所以很多东西无从问起。

从办公楼出来，我拿出手机，翻出伊夏的手机号，手指在上面划过，最终我还是将手机收回口袋里。

心里莫名有些烦躁起来。

再等等吧，再等等。等到她习惯我的存在，等到我再了解她多一点儿，到那个时候，我一定可以问一问她，暑假到底发生过什么，她把曾经那个有着璀璨笑容的伊夏，藏到了哪里。

将要做的事情都做完了，我便直接回了寝室，在寝室楼下，我意外地遇到了一个人。

那个人是上次在食堂里，总是有意无意打断我和伊夏说话的陈朗。

他似乎和我是同一个寝室楼里的，这么算起来，他应该是我们系的，但是奇怪的是，这么长时间，我竟然都没有遇到过他。不过这些日子都在军训，那么多穿着一样军训服的男生里，要找一个人还真的挺有难度的。

两个星期的军训，陈朗比之前要黑了一些，不过这样看上去反而多了一丝英气。

他抬起头的时候，正好看到了我，他似乎有些意外，和我一样，都没有料到在这个地方遇到对方。

"真巧啊。"我抬起手，主动和他打了个招呼。

他眉心微微皱了一下，不过还是冲我略微点了点头，说道："是挺巧的，你也住这栋楼吗？"

"显而易见。"我耸耸肩说，"要不要到那边坐下来聊聊？"

我只是随口问了一下，在问出口的同时，就做好了被拒绝的准备。然而陈朗并没有拒绝我，他点点头说："好啊，聊聊也好。"

我先是有些困惑，不过我很快就知道他为什么要这么说了，他一定也是为了伊夏吧！

我作为一个陌生人，忽然以一种爱慕者的姿态闯到伊夏面前，陈朗和苏馨雅一直是伊夏的好朋友，他们会在意我，也是情理之中的。

寝室楼下面，有一间多功能媒体室，说是这么说，其实就是一个大大的空房间，里面放了一台大大的液晶电视机而已。这个时候，大家应该都在寝室里午休，所以这里空荡荡的，没有人。

拉了一张凳子坐下来，我随手开了电视，总觉得一会儿会很尴尬，有电视的声音，就不会让气氛太沉闷了吧。

事实证明我的预感是正确的。

陈朗其实并不是个健谈的人，尤其是与我相比，更显得他像个安静的骑士一样。

"我不知道你接近伊夏到底有什么目的。"过了好一会儿，陈朗终于开口说了第一句话，只不过他说的第一句话，实在有些不太友好，"我希望你能尽量离她远一点儿。"

"我从一开始就说了吧，我对她一见钟情。"我很坦然地看着他说，"在大学里，追求一个自己喜欢的女生，这没有什么问题吧？"

"但我不认为你是真的喜欢她。"他否定了我的回答，"一见钟情？别开玩笑了，那种肤浅的喜欢。你或许只是因为伊夏长得好看，被她的长相吸引，但是如果只是这样，我劝你不要继续，这样对大家都好。"

"你凭什么认为，我喜欢她是因为她的长相？"他这么说，我不太高兴，他可以否定我，但他不可以否定伊夏的魅力。

"她不只是有一张好看的脸。"我沉声说，"你这么说，不仅是在小看我，你也小看了伊夏。"

陈朗飞快地抬起头看着我，那瞬间，不知是不是错觉，我感觉到他的眼神，锐利得像一把利刃。

他说："我没有小看伊夏，这世上任何人都可能小看她，但我不会。我只是在小看你而已。"

03 ❀

他说：我只是在小看你而已。

他这么说，我反而一点儿都不生气，因为他会这么想也无可厚非吧，毕竟我和他算起来根本不算认识。一见钟情本就是轻佻的事情，更何况我还让我和她的相遇变得更加浮夸。

"你和伊夏，你们只是朋友吧？"我想要确认这一点，"在伊夏心里，你是不是她的好朋友？"

他脸色忽然变得不太好，张了张嘴像是想说点儿什么，不过最后还是轻轻点了点头，给了我一个肯定的答案。

我顿时松了一口气，说道："虽然我不知道过去你们之间曾经发生过什么，但只要你们什么都没有，我就可以更加确定地往前走了。"

"所以你不会放弃伊夏？"陈朗眼神锐利地看着我，"我不知道你为什么会说出对她一见钟情的话，但如果你让她难过，我一定会揍你的。"

我点点头说："那就拜托你看好我，一旦我让她难过了，就狠狠揍我吧。"

　　你一定不明白我为什么对她一见钟情，你一定不曾见过她那个笑容，钻石般璀璨，在那个蝉声叽叽的夏日，磁石一样吸引着我的视线。

　　我喜欢的不是她漂亮的脸蛋，我为之折服、为之倾倒的，是那个微笑。

　　倘若你看到了，一定、一定也会对她一见钟情的。

　　知道了陈朗和伊夏之间并没有什么，我便不再逗留。和陈朗道了声"再见"后，我便回寝室换了一身运动服，打算去打会儿篮球。

　　我需要好好想一想，到底怎样才能走近她。

　　我的心情很不平静，唯一能让我平静下来的方式，就是打球。

　　白花花的太阳炙烤着地面，热辣辣的气息扑面而来，已经快到十月份，然而秋老虎仍然在作威作福。

　　将球重重地拍下去，它就会高高地弹起来，然而无论弹得多高，都在我能够掌控的范围之内。只是这个世界上，并非什么都能这么轻而易举地抓在手心里的。

　　我踮起脚，将球砸向篮圈，球正中篮圈，再被地球的引力拉回地面。我走过去正想接过篮球，这时候有个人穿了一身白衣白裤，伸手将球接在了手上。我愣了一下，有些意外，接住我篮球的，是几个小时前我才见过的顾皎。

　　"年轻就是好啊！"他冲我笑了笑，然后抬起手用力将篮球砸向篮圈，"哐当"一声，球砸在了篮板上，反弹在篮圈上转了好几圈，最终从篮圈外面滚了下来，"啧，退步了，篮球都投不中了。"

　　"顾老师应该和我们差不多大吧。"我真看不惯他倚老卖老的样子，而且他看上去很年轻，就像是刚刚从大学毕业。

"肯定不能和你们差不多大。"他笑着，将滚到他脚边的球捡了起来，然后他再一次站在原地，将球抛了出去，这一球仍然没有能够投进篮圈，"我研究生毕业才来当的辅导员。"

"那你一定是第一次当辅导员。"我说。

这一次他倒是没有否定，轻轻点了点头，弯腰抱起篮球，第三次将球投向了篮圈。

"我的确是第一次当辅导员，伊夏他们，是我带的第一批学生。"

"所以你其实根本不知道，自己带学生的方式对不对？"我被他的话惊到了，这家伙明明之前一副胸有成竹的样子，可是事实根本不是那样的。

"是啊，所以我也在尝试啊！"他竟然死不要脸地承认了！

我跳起来，将本要进篮圈的球截了下来，很认真地对他说："撤掉伊夏的班长吧！她根本不想做班长，你是在为难她。"

"是这样吗？"他抿唇笑了起来，但他的眼神让人感觉不到丝毫的笑意，他看我的眼神，仿佛在看一个白痴，"温声细语根本喊不醒一个沉睡的人。"

"什么意思？"我愣了一下，便是这一愣神，手里抱着的篮球，被高高跳起来的顾皎用力拍了一下，篮球"扑通"一声，进了篮圈。

"我说乔言同学……"他抱着篮球，咧着嘴巴笑了起来，洁白的牙齿在阳光下显得更加白了，"你为什么这么在意我们班的伊夏同学？"

这家伙！若不是他是辅导员，我真想去揍他一顿，我不信这只老狐狸看不出我喜欢伊夏这件事。

"话说虽然已经不是中学生了，恋爱什么的随意，但是才进大学就这么明目张胆地追求女生真的好吗？"顾皎笑得真像一只老狐狸，我仿佛看到他身后晃动着一条蓬松的大尾巴！

"这话我还要问你呢。"我不动神色地问，"你为什么这么在意伊夏？你是辅导员没错吧，别用辅导员要关心每个同学这种一看就不靠谱的理由，一定有什么别的原因吧？"

顾皎有些意外，像是没料到我会这么说，他指了指手里的篮球说："这样吧，乔言同学，我们来比赛吧。"

"比赛？"我被他忽然转变话题弄得一头雾水，不是在说伊夏的事情吗，怎么忽然又变成了比赛？

"对，比赛，如果你赢了我，一切都好说。如果你输了比赛，那就帮我说服伊夏担任班长这一职。怎么样？我和她说，要是实在不愿意当班长，那么下学期就会撤销她的班长。你有一个学期的时间，说服她心甘情愿地担任班长一职。"他笑起来的时候，眼睛就会眯起来，让人看不清他眼底真实的神色。

"看样子我没得选吧。"我耸耸肩说，"站着投篮都进不了的家伙，我怎么可能输给你？"

"那就来吧。"他说着，将球朝我砸了过来。

我以为我肯定能赢过他的，可是一个小时后，我发现我错了，而且错得还特别离谱。

一个小时，我和顾皎都大汗淋漓，但他一身白衣白裤仍然纤尘不染，他以一球之差赢了我。

于是原本笑起来就像只狐狸的顾皎，笑得越发灿烂了。

"愿赌服输，是这么说的，没错吧？"他说。

虽然不太甘心，不过我还是输得起的，只是暂时不知道他想做什么而已，日子长了，我一定会自己找到答案的。

"我会去说服伊夏，不过我不敢保证一定能说服她。"毕竟我不想让她讨厌我，太过干涉别人的想法，可是很让人讨厌的一件事情。

"不。"他慢慢地擦掉了额头上的汗水，微笑着看着我说，"我觉得如果是乔言同学，一定能够做到的。"

"为什么？"我有些意外，没想到他会说出这样的话。我们应该是第一次接触才对，他这种自信到底是从哪里来的。

"就像我觉得让伊夏当班长比较好，我觉得让你说她，也一定能够成功。"他说完，转身背对着我，朝我挥了挥手，"直觉而已。"

04 ❀❀❀

鬼才要相信他的直觉。

回到寝室冲了个澡，和室友一同去食堂吃了个晚饭，原本炙热的心情随着凉下来的气温，也慢慢地平静了下来。

我不知道顾皎到底在算计什么，但不管怎么算，这都是一个机会，一个让我接近伊夏的机会。

只是要怎么说服伊夏呢？

我一边寻思着好的方法，一边打开微信，添加了伊夏的手机号，加了她为微信好友。她没有通过我的好友申请，我并不觉得受打击，因为在发出申请的时候，我就做好了被无视的准备。

这样也好，这样就给了我一个光明正大去找她的机会了。

我爬起来打开电脑，登录学校的排课系统，查了一下她一周的课程表。课程表上，会标上上课用的教室。都说有志者事竟成，女生最怕人缠了，我要做的就是不要脸地缠着她。那样，她一旦习惯了我的存在，就会下意识地在人群里，将目光集中在我的身上了吧。

到那个时候，伊夏，你还能对我露出那样的笑脸吗？

我很期待呢。

查了课程表，周三那天，我们上午三四节课没课，但伊夏是要上课的。

我没有急着去找她，来日方长，我得表现得不那么刻意。

到了周三，我夹着书早早地待在了他们隔壁教室，那个教室里没有人上课，是空的。我耐着性子等到她下课的时候，然后就像食堂那次一样，我在走廊里"偶遇"了才下课，和苏馨雅一同往前走的伊夏。

她见到我，神色有些惊讶，我冲她灿烂地笑了笑，说道："真巧啊，你看我们还真是有缘分啊！"

"能不要每次出现都用一样的台词吗？都听得耳朵起老茧了。"苏馨雅白了我一眼，忍不住嘀咕了一声。

的确是挺老套的，不过请原谅我，见到她的时候，我也会有些紧张，原本想好了很多很多的话，可是最后到嘴边的，只剩下了这句话。

"下次，下次我一定换句台词。"然而不管心里是怎样的，我仍然让自己看上去非常淡定，"你们也下课了啊！既然偶遇到了，就一起去食堂吃午饭吧。我请客。"

"不好吧，我们非亲非故的，干吗要你请？"苏馨雅似乎对我抱有很大的敌意，和我说话，总是夹枪带棍，充满了火药味。

"因为我想追到你的好朋友，不殷勤一点儿怎么行呢？"我笑着说道。

苏馨雅顿时一副吃了苍蝇的表情，想反驳我，又实在不知道怎么反驳，大概是从没见过如我这般直接的人吧。

"有什么事吗？"在苏馨雅和我对呛的时候，伊夏只是静静地站在一边看着，等我们说完了，她才轻声开口问了一声。

"当然没事啊！"我耸了耸肩说，"对了，只是难得有机会偶遇，所以想请你们吃饭而已。"

"真的是偶遇吗？其实不用这么麻烦的。"她拒绝我，"我们……"

我们不合适，我在脑海中，自己将她未说完的话补充完了。

"呵呵，被你看出来了，我确实是专门在这里等你们下课的。因为我还真有一件事情要麻烦你呢。"我不给她说完的机会，抓起手机对她说，"前几天加你微信，怎么不通过啊？"

她愣了一下："你来找我，其实是为了这个？"

我点点头说："对啊，我在想你是不是忘记了，或者不太会玩，所以来找你了啊。"

"还真会找借口。"苏馨雅一副看不过去的样子,她将书放进伊夏手里,说了一声,"我去趟洗手间,小夏,你等我一会儿啊。"

我冲着苏馨雅露出一个感激的微笑,虽然她对我有莫名其妙的敌意,不过她这是故意走开,给我和伊夏单独相处的机会吧!

果然,伊夏这样的女生,她的朋友应该还不赖。

"我想我还是说清楚一点儿比较好。"伊夏想了想,轻声对我说,"大学期间,我没有找男朋友的想法。"

"想法是会改变的不是吗?"这种不痛不痒的拒绝,对我来说根本不算个事,"你先不要急着拒绝我,你至少给我一个机会,或者我对你只是一时的迷惑,根本不喜欢你也说不定。"

她惊讶地看着我,眼神满是困惑。

"所以给我个机会接近你。当我发现你并不是我喜欢的那个人时,我自然就会放弃了不是吗?"我笑着对她说,"男生总是越挫越勇的,越是得不到的,越是放不下。你越拒绝我,我越不愿意放弃你。但我主动放弃就不一样了,不是吗?"

"为什么要这么麻烦?"她并没有被我的话绕进去,"而且那是你的事吧?"

"的确是我的事情,不过伊夏,你不会害怕了吧?"既然这种方式不行,那我就换一个几乎所有人都会上当的方法,"你害怕我接近你之后,你会被我吸引吧?害怕啊,害怕啊,于是就不敢让我靠近了。"

"喂,这是什么歪理?"果然,她听了这话,顿时就抬起头来瞪大眼睛看着我，"我不会喜欢你的，绝对不会。"

"既然你这么坚定，那么还有什么可怕的呢？"我伸出一只手递到她面前，"手机给我，微信验证，还没通过呢。"

她张了张嘴，几次欲言又止，像是被我弄得很上火，却又拿我无可奈何，最后她叹了一口气，将手机送到了我的手上。

我点开手机，找到微信，我的那条验证信息还在那里，她根本就没有动过。我自己通过了好友验证，然后将手机递给了她。

"如果我不是你想象中的模样，你就会主动放弃吧？"她接过手机，为了确认什么似的看着我，"是这样的吧？"

"是的。"我给了她肯定的答案，"毕竟我是对你一见钟情啊，其实我一点儿都不了解你。我想象中的你，也许并不是现实中的你。一旦发现你不是那样的，我肯定不会再这样偶遇你的。"

她怔住了，正想问我什么，馨雅从卫生间走了出来。她从伊夏手里接过书，然后拖着伊夏从我面前走开，走了几步远之后，她还回过头，冲我露出一个凶巴巴的表情。

我目送着她们走远，其实一直以来，我从未在心中去雕琢她的模样。我喜欢她的笑容，我也只见过她的笑容，有关于伊夏更多的事情，我并不知道。我甚至并不知道她是什么样的一个人。

只是我啊，总觉得自己动心一次实在是太难了，所以才不想放过这唯一的一次心动。

伊夏，真正的你是什么样子呢？

其实和她说的那些话，并不只是让她对我放松戒备，说给她听，也在说给我自己听。

对伊夏的喜欢，到底能走到什么地步，我不知道。我只知道，我不想与她就这样错过。

我从未去幻想过伊夏是什么样的一个人，因为我做好了准备，那就是她是什么样的人，那么我心中所喜欢的伊夏，就是什么样的存在。

哪怕这种想法，只是我任性的、毫无根据、毫无逻辑的想法。

05

不知道是不是我那些话起了作用，伊夏并不会再刻意地与我保持距离。在微信上和她闲聊，她也不会无视，虽然她的回复永远是那么礼貌生疏，但是没关系，我相信时间久了，她一定会慢慢地卸下对我的防备的。

时间就这么一天天地过去，而就在十月的尾巴上，大一年级的迎新晚会，终于姗姗而来。

迎新晚会是放在大操场举行的，白天的时候搭好主席台，晚上的时候，晚会还没开始，灯光和音乐就先放了出来。

这种热闹的气氛，很容易拉近人和人之间的距离。伊夏他们系的区域离我们系有一段距离，晚会开始之后，我就从位子上站了起来。四周很黑，而且到处都有走动的人，所以我的动作并不会显得很突兀。

黑暗的人群里，始终寻不到伊夏的踪影，我暗暗计算着距离，在搭建的舞台上，射灯照进人群中的时候，努力寻找她所在的位置。

终于，在最边缘的地方，我看到了她的身影。我心中一阵喜悦，加快步伐朝她走去。这时候，舞台上的灯光暗了下去，原本热闹的开场曲结束之后，高年级的学姐上台，带着一把木吉他，自弹自唱了一首很老的歌曲《盛夏的果实》。

原来还是有人这么怀旧的啊！我心中有些感慨，而我和伊夏之间的距离已经越来越近了，近到我们之间不过剩下一两米的距离。

"伊夏。"我轻轻喊了她一声，她茫然地回头看着我，那刹那，一抹灯光正好从她脸上扫过去，我站在原地，心中蓦地浮上一丝轻微的疼痛，好像有人拿了一根针，轻轻地、轻轻地从我的心脏上划了过去。

她苍白色的脸孔在夜色里，显得越发清透。她的眼睛实在很大，然而也是因为大，所以那里藏着的眼泪才显得那么明显。她安静地站在那个角落，周遭的喧嚣与她是那样格格不入，她的眼神里藏着巨大的悲伤，她在哭。

"伊夏，你……"我朝她走近了一步，她像一只受惊的小兔一样，防备地往后退了一步，"你怎么哭了啊？"

心里有些难受，不知道为什么看着她哭，我会这么难受。

她像是忽然回过神来，连忙擦了擦眼泪，然后冲我摇摇头说："没有，只是被沙子迷了眼睛，学姐的歌唱得很好听，所以忘记擦眼泪了。"

她的借口实在够虚假的，但是我没有戳穿她。

"我们去那边走走吧。"我试着向她发出邀请，"那里有卫生间，我想你需要洗把脸。"

"不用了。"她下意识地拒绝我。

我低下头，第一次因为她的拒绝而失落，为什么呢？明明每次开口的时候，都做好了被拒绝的打算，今天本该如此的，可是——

我往前走去，她仍然在往后退，我的心在告诉我不能就这样走了，不能让她一个人在这个夜晚，在这个被遗忘的角落里继续哭泣。我必须做点儿什么，脑海中忽然想起顾皎对我说的那句话，他说："温言细语叫不醒一个沉睡的人。"

之前我不明白他到底在说什么，可是现在我想我可能有点儿明白了。

不能因为拒绝就离开，不能因为做好被拒绝的准备就觉得一切都没关系。

我必须做点儿什么！

我将她逼近角落，她终于无处可逃。她的眼神里有一丝闪躲，她转身想要逃跑，我一把抓住了她的手臂，然后什么都没有说，拽着她的手走出了这片区域。

"喂！"她小声喝道，"我说了，不用了，不要管我，让我一个人静静待着行不行？"

"不行。"我低喝一声，"其他时候我都可以，可是唯独今天，不行。"

我不能在看到她露出那样一副表情之后，假装什么都不知道就离开。说出对她一见钟情的人是我，因为一个微笑，决定要喜欢她的人也是我，甚至决定无论她是什么样子都会喜欢的人，也还是我。

喜欢一个人，不是被拒绝就妥协的程度，不是她不拒绝就好的程度。

在看到她眼泪的瞬间，我变得贪心了。我想要她看到我，看着我，然后告诉我，她心里的极端到底在哪里。

"其实你不用管我的。"她轻声说，"乔言，其实你人很好。其实我……我很糟糕的。"

"因为你很糟糕，所以我才要待在你身边不是吗？"我打断她的话，不让她再说下去，"难道说你拒绝让我靠近你，不是害怕自己会喜欢上我，而是害怕我了解真正的你之后，会放弃你吗？"

她的身体猛地一僵，跟着她抬起头来，错愕地看着我的眼睛。

她说："乔言，你可不可以停止说这些话？我会觉得混乱，我会不知道自己的心里到底在想些什么。我拒绝让你接近，只是因为我想让自己一个人，不只是你，我啊，永远不会让任何人接近的。"

"为什么？"我不明白，"我不明白。"

她慢慢地蹲下身，伸出双臂抱住自己的膝盖，像一只鸵鸟一样将自己的头藏进了臂弯里。过了很久很久，我听到她用很小的声音说了三个字："我不配。"

黑暗的操场角落里，她锁在那里，像是自己给自己建造起了一道厚厚的壁垒，拒绝任何人靠近，也拒绝自己的心走出去。

伊夏，你的心里到底藏了些什么？

为什么越靠近你，就越看不懂你？越靠近你，挡在你周围的雾气就会变得更加浓烈？只是十多岁的少女，到底经历过什么事情，才让你变成现在这个样子？

　　心情有些压抑，我缓缓地在她身边坐下，然后伸出手臂，轻轻地抱住了她。

　　我说："你在哭吧？"

　　她的肩膀颤抖得厉害，甚至有一丝呜咽从她的嘴里漏了出来，说着沙子迷了眼的谎，说着拒人千里之外的话，却又这样毫不设防地在我面前露出这样的表情。

　　让我就这样走开，根本就做不到啊！

　　"真是个狡猾的家伙啊。"我伸手揉了揉她短短的发，"伊夏，你真是个狡猾的家伙。"

　　这样狡猾，只是一个表情，却让我乖乖地丢盔卸甲无从抵抗。

　　就像那时候，在站台边上，露出那样的笑容，让我彻底忘不掉一样。

　　都说孙悟空再厉害也翻不出如来佛的五指山，伊夏，是不是上天注定了我会遇见你，然后像孙悟空那样，怎么样也逃不掉啊？

　　对你说着那样的谎话，说着如果你不是我想象的样子我就离开，可是明明从刚开始，你就已经不是那个样子了啊！

第三章

CHAPTER 03

Waiting For The Summer Snows

【伊夏·大雪】

花满枝丫，叶落似海，四月是你留下的谎言。你在笑，她在笑，以为如此平凡过一生。

那场盛世豪雪，从世界的这头下至那一头，你的歌声传不到他在的彼岸。

就这样去吧，仿佛再也不会见面一样。又像雪会融化，春花会开，东风眷恋天涯。

01

那个蝉鸣唧唧的初秋，在那家小小的音像店外见到顾白的时候，店里放着一首歌。

正唱到那句："也许放弃才能靠近你，不再见你你才会把我记起。"

不过只是一句最简单的歌词而已，却藏了那样多那样浓烈的情感。我本想这辈子再也不要听到这首歌了，却没有想到，这首歌会以那样一种方式再次出现。

迎新晚会那天，我本不想去的，是馨雅硬拉着我去了大操场。周围那样热闹，唯独遗忘了我。我是那样突兀，显得与周遭格格不入。

我从人群里走出来，正想悄悄离开，就在这时，耳边传来一阵熟悉的旋律。

暗下去的舞台灯，仿佛是我的世界里的最后一抹阳光也跟着暗了下去。

是那首歌，是那首我打定主意这辈子都不要再听的歌。

我站在原地，脚下像是生了根一样，怎么样也迈不开脚步。

眼睛不知道什么时候变得很模糊，迷迷蒙蒙之间，好似看到顾白就站在离我十米开外的地方，一件简单的白衬衫，一脸淡淡温柔的微笑。

他就站在那里，缓缓地冲我抬起手，像是在等着我走到他身边去。

一如那天，一如顾白出事的那天，隔着车窗玻璃，他对我挥手的模样。

他在等我啊，他在等我吧！

"伊夏。"有人在喊我，声音近在咫尺，水汽迷蒙了我的眼睛，我分不清站在我面前的人是谁。

那个声音出现的一瞬间，顾白的身影一下子就破碎在喧闹的人声中。我再回头去看，可是没有，哪里都找不到。

"伊夏，你怎么哭了啊？"有那么一刹那，我以为对我说这句话的人是顾白。

可是当水汽化成泪珠从眼角滚落的时候，我清晰地看到站在我面前的人，他不是顾白，不是那个连我的梦都不愿意进来的顾白。

"没什么，只是被沙子迷了眼睛而已。"要怎么告诉他，因为好像看到了顾白你，所以不知不觉间已经泪流满面？不能告诉他的啊！

我想要一个人待一会儿，可是他偏偏不让我有一个人待着的机会。乔言拽着我从人群里跑开，他的后背好几次和顾白的重合在一起。

尽管我清晰地知道顾白不可能在这里，就算顾白你在这里，也不会在我身边的。

想到这里，心里就难受得要命。

顾白，你知道吗？

我从未想过你会成为我所有痛苦的源泉，人们都说这世上最大的悲剧就是将一切美好的东西，毁灭给人看。

可是为什么偏偏是你？为什么一定要是你？为什么那天……为什么那天，我要和你约好在那个站台不见不散？

我蹲在地上，将头埋进臂弯里，这一刻我只想找个地方将自己藏起来，我的心仿佛被人用力地捏着，拽着，疼得像要爆炸。是我害死了顾白，是我啊！

这样的我，是不配得到快乐的，活着的每一天，都是在为你赎罪！

顾白，对不起！对不起啊！

"别哭啊！"乔言坐在我身边，声音轻得像是不曾说出来一样。

他轻轻揉着我的头发，就像曾经顾白会做的那样，他的手和顾白的一样温暖，可是乔言不是顾白，他不是顾白。

"伊夏，你真是个狡猾的家伙。"乔言在我耳边，叹息般地说。

是啊，我真是狡猾极了，害死了顾白，却还能这样若无其事地活着，还能被人这样义无反顾地追逐，还有朋友，还有未来。

这样的我，真的太狡猾了。

我不知道那天我哭了有多久，只知道当乔言将我从地上拽起来的时候，迎新晚会已经到了最后的阶段了。

"我送你回去吧。"乔言抓着我的手腕，他的声音满含关切，"你这样……我不放心你一个人回去。"

"谢谢你。"我不能在这个时候拒绝他的好意，不能在他默默陪了我这么久之后，若无其事地推开他。我不知道乔言喜欢我哪一点，或者他是不是真的喜欢我，但是这一刻，我的确依赖了他。

回到寝室之后，我趴在水池边洗了把脸，镜子里的自己眼睛红红的，像是兔子的眼睛。擦干了脸，我抽出抽屉，从里面拿出一盒药，取了两粒，就着温水吃了下去。

那是一盒治疗抑郁症的药，在顾白死后，面对全世界的指责，面对很多很多痛苦的事情，我生病了。不过我病得并不严重，只是很轻微的抑郁症，医生叮嘱我不要有很大的情绪波动。如果偶尔控制不住自己，就吃两颗药，这样就不会复发了。

将药盒放进抽屉里，我从抽屉的最里面翻出一个小小的铁盒，打开来，里面是一张五个人的合照。

五个人，五张笑脸，有我的，苏馨雅的，伊秋的，陈朗的，还有顾白的。那样灿烂的笑容，在如今看来，就像是在嘲笑我一样。我伸出手，轻轻地摸了摸那张脸。

那张脸啊，小小地印在照片上，笑容是那么温暖。

顾白，如果你还活着，哪怕你变成伊秋的男朋友，也没有关系的。

照片上，伊秋的手搭在顾白的肩膀上，她的头微微朝顾白倾斜，一脸幸福的样子。顾白的视线望着镜头，眼睛里都是微笑。

伊秋喜欢顾白，她藏得太深，以至于在顾白死后我才知道。

那天，姐姐气势汹汹地找到我。在医院的走廊里，她用力地抓住我的衣领，面目狰狞地对我说："是你害死了顾白！是你害死了他！顾白是为了要去见你，所以才会出车祸的！"

我知道啊，我知道他是为了见我，所以才会出了车祸，都是我的错，没有我的存在就好了，没有在那年的音像店见到顾白就好了。

没有遇见你就好了。

刚刚止住的眼泪，又一次落了下来。心脏颤抖得厉害，捏着照片的手都止不住地颤抖着。

这样不行，这样情绪继续波动下去，我又会生病了吧！我不能再生病了，顾白，我没有资格生病，没有资格用生病来逃避对你的愧疚。我只有清醒地活着，才能赎罪！

我将照片放回盒子，然后用力地将抽屉关上，上了床，用被子盖住自己的头，强迫自己冷静下来。

伊夏，你必须冷静下来！

就在我的心揪到极点的时候，手机响了起来。那一瞬间，我像是抓到了一根救命稻草一样，抓起手机，那是一条短信。

乔言发来的短信，只有两个字："出来。"

02 ❀

没有月亮的夜晚就是好，这样能够隐藏很多不想让人看到的东西。

我站在离乔言五米远的地方，他靠在寝室楼外那棵硕大的银杏树下，怀里抱着一把吉他。

"跟我来。"他朝我摊开一只手，静静地看着我。

这一次，他的脸上没有露出灿烂到近乎烈阳一样的笑容。他的眼睛藏在长长的发间，阴影中，我看不到他此时究竟是怎样的表情。

我没有握住他的手，而是缓缓地往前走。他也不在意，抱着吉他跟在我后面走。

学校图书馆外是一个很大的人工湖，湖里长了很多芦苇，这时节，芦花枯萎了，风一吹就到处飞舞，乍一看，就像是下了一场仓促的雪。

在台阶上坐下，我望着那片湖出神，乔言坐在我身边，轻轻拨弄着琴弦。

"想听什么歌？"他轻声问我。

我茫然地摇了摇头，什么歌都无所谓，什么歌都不重要的。

他就不再问我，他抱着吉他调好了音，指尖拨动琴弦，《盛夏的果实》的旋律流水一样响在耳边。

心脏猛地一阵揪紧又松开，想让他不要再继续弹下去，但他的歌声已经响起。他的嗓音其实很好听，清爽干净，原本一首忧伤的歌，被他的声音唱出来，却变成了另一种味道。

带着一点点温暖，一点点治愈，我原本颤动不已的心脏，奇迹般地一点点恢复了平静。

只是他为什么会弹奏这首歌？

他是不是无意间知道了什么呢？

一首歌唱完，他将吉他递给我。

我不解地看着他说："我不会弹吉他。"

"随便拨几个调子吧。"他笑着说，"其实不一定非要弹奏点儿什么，音乐的乐趣，不在于一定要是一首完整的曲调。"

我怔怔地看着眼前的这把吉他，缓缓地接过来。我从未接触过吉他，一时间不知道要怎么弹。他走过来，很自然地握住我的手，然后轻轻地拨动了第一根琴弦。

"就是这样，很简单的。"

他松开我的手，我试着自己拨动了一根弦，清脆单调的音符在夜色下显得很突兀。

"那首歌，对你来说，代表一段不快乐的回忆吧。"乔言轻轻地说道，"我知道擅自揣测别人的心思不对，但是我没有办法放着你的事情不管。"

不快乐的回忆吗？

不是这样的。

并不是不快乐，而是因为太快乐，所以不敢去回想。

"如果那些回忆太悲伤，那就在那些回忆里加进去一些快乐的东西吧。"他的声音暖暖的，有一股安抚人心的力量，"就像是同一首歌，如果它让你痛苦，那你就让它变成快乐的回忆。这样下次再听到，就不会流泪了。"

"没有不快乐。"我轻声说，"乔言，那并不是痛苦的回忆。"

他沉默了一下，然后将吉他从我手里接过去："我再给你弹一首歌吧。"

他说完，没有等我回答，径自弹了一首曲子，他没有唱歌，只是单纯的一首曲子而已，弹完之后他呼出一口气。

"好听吗？"他问我。

我点点头，他就笑了起来，问："心情好些了吗？"

"谢谢你，好很多了。"我由衷地说道。

在他找我出来之前，我感觉我已经忍耐到了极点，是他将我从崩溃的边缘拉回来的。

"以后不开心的时候，记得叫我。虽然我没有办法为你做什么轰轰烈烈、特别浪漫的事情，但伊夏，至少我想让你快乐起来。"他离得很近，漆黑的眼眸里，映照着一抹星光。

他脸上的表情是那么认真，没有一丝一毫开玩笑的意思。

其实我知道他一直都没有和我开玩笑，尽管他出现得那么轻佻突兀，可是他的表情从来都是很真诚的。

可是乔言，我不能让自己快乐起来，悲伤是我必须背负的罪孽。

如果我活得快乐，那还能拿什么替顾白赎罪？

乔言将我送回寝室楼下，他冲我挥了挥手道了声晚安，然后抱着吉他消失在我的视线尽头。

回到寝室的时候，苏馨雅已经回来了，正在寝室里急得团团转。

见我进来，她便朝我扑过来，急切地说道："你到底去哪里了？你吓死我了，知不知道？我以为你被什么人拐走了呢，打你电话你也不接！"

我这才注意到我没有带手机出门。我上床翻出手机，手机大概是被馨雅打了太多次，已经没电了。

"我就是随便走了走。"我解释道，"对不起，让你担心了。"

"你没事就好了。"馨雅松了一口气。

我知道她在害怕什么，她害怕我因为沉溺悲伤，无法走出来而自杀。

其实她不必担心，我不会那样做的，就算是在我患上抑郁症的时候，我也不曾那样做过。因为对我来说，死或许是一件快乐的事情，所以我不能那样做。

我必须活着，背负着痛苦而活着。

馨雅又拉着我说了几句，然后就拿了衣服进卫生间洗澡去了。

水声"哗啦啦"的，我枕着水声，不知道什么时候睡着了。

睡梦中，有个人背对着我站在一片树荫下面，尽管只是一个背影，就足够让我雀跃起来。

"顾白！"梦中的我，大声喊着他的名字，可他回过头来的瞬间，就像一团烟雾一样，消散在了那片树荫下面，仿佛从头到尾他都没有出现过一样。

第二天醒来，我的枕头是湿的，大概是昨晚做梦的时候又哭了吧！

"小夏！"馨雅看着我的脸惊呼了一声，"你的眼睛什么情况！"

"眼睛？"我不解地看着馨雅，不知道她在惊讶什么。

馨雅直接将我拽到镜子边上，她指着镜子里的我说："你自己看，你这眼睛都肿成核桃了。"

也对啊，昨天哭得那样厉害，做梦还哭了，眼睛肯定会肿起来吧。

"可能是睡觉前喝了水吧。"我随便找了个理由对付过去，"走吧，快要上课了。"

不知是不是因为昨天哭过的缘故，一上午脑袋都是昏沉沉的。下午体育课的时候，我站在操场边上，因为总是走神，被一只网球砸中了额头。

虽然没什么事情，但馨雅还是执意拉我去了医务室。

"我下课的时候再来带你回去。"馨雅说完，就继续回去上课了。

因为没被砸伤，校医看我精神不太好，就让我进里面休息一下。我推开门走进去，却意外地看到一个人也在医务室躺着。

03 ✿❀✿

"顾老师？"躺在靠窗户那张床的，是我们班的辅导员顾皎。

他靠在垫高的小床上，手上拿着一本杂志，正慢慢地看着，听到我的声音，这才缓缓地抬起头来。

"是伊夏同学啊。"他看到我，狐狸似的眼睛弯了弯，"你眼睛怎么了？"

"没什么，就是忽然肿起来了。"我说着，在他边上的那张空床上坐下。

顾皎盯着我看了一会儿，然后从病床上下来，将杂志仔细地合上放在一边，这才走了出去，过了五分钟的样子，他又回来了，回来的时候手里多了一样东西。那是一个冰袋。

他走到我身边，在我发愣的时候，将冰袋放在了我的眼睛上。

"女孩子眼睛肿着可不好。"他的声音带着一丝笑意，"不管什么时候，作为一个女孩子，要时时刻刻保持自身的形象。"

我原本想对他说声"谢谢"的，可是他絮絮叨叨地和我说了好些话，说得我心烦气躁，那声"谢谢"便憋在了嗓子口，再也说不出来。

好不容易等他碎碎念地说完了，我眼睛也敷得差不多了。他将冰袋拿走，放回原地。我觉得眼睛上很凉，但是之前一直有的涩涩的感觉已然消失了。

他回来之后继续躺在医务室的病床上，翻开杂志接着之前看的地方继续往下看。

"老师身体也不舒服吗？"总要说点儿什么吧，不然沉默着太奇怪了。

顾皎没有看我，而是专注地看着杂志，回答道："忙里偷闲，医务室是最好的偷懒场所了，你说对不对？"

他说到这里，特地瞥了我一眼，用一副我们是同道中人的眼光看着我。

我忙说："我才不是来偷懒的。"

"那为什么在这里？"他似笑非笑地看着我，"你看上去，并没有什么问题。"

"我是被球砸中额头了。"我伸手摸了摸自己的额头，那里虽然没有被砸伤，但是摸上去还是会觉得疼，明天应该会发红吧。

"呵呵。"他忍不住笑出了声音，"真像是伊夏你会做的事情呢。"

"你是在嘲笑我吗？"心里有些郁闷，为什么这样的家伙能够成为大学的辅导员？

"没有，我只是想笑而已。"他拒不承认。

不想和他再说下去，我转了个身，背对着他躺下来。

不知道什么时候，躺着躺着睡着了。睡梦中，依稀感觉有人给我盖了个被子，有人对我说了一句什么，我睡得有点儿沉，便没有听清楚那人说了什么。

醒来的时候，已经是黄昏了，靠窗的那张病床空着，顾皎不知道什么时候已经离开了。被子被叠得很整齐地放在那里，被子上还压着一本杂志。

开着的窗户，有风吹进来，白色的纱幔被风吹得荡起来又落下去，窗外是大把大把的火烧云，天地万物都被抹上一层浅浅的暖橙色。

"醒了吗？"一个声音传进我的耳中来，我惊得回头看了一眼，却发现坐在医务室门口的人，竟然是乔言。

他怎么会在这里？

我正想问，他就自己说了出来："我来这里买点儿胃药，却意外发现你在这里。"

"你在这里多久了？"我下了床，这一觉睡得太长，大概睡了有四个小时，不过醒来之后，脑袋不会再像之前那样昏昏沉沉了。

"没多久，也才刚来。"他是这么回答我的。

他这么说我也不再追问，有时候知道得越少，反而越好。

我忽然想起馨雅之前说，下了课就来带我回去的，也不知道那家伙去哪里了，估计都把这事儿忘干净了吧。

"吃晚饭去吧。"乔言忽然对我说道，"我知道学校附近有一家特别好吃的烩菜。"

"我还要等馨雅，我和她说好了一起吃晚饭的。"我想了想，还是决定用馨雅来当挡箭牌，这是最好的办法，可以拒绝得不那么刻意。

正说到这里，眼尾扫到一个人影朝我飞奔而来。

"小夏！"是馨雅的声音，她跑得气喘吁吁的，来到我面前后，想和我说话，却看到了站在我边上的乔言，她愣了一下，跟着就用力瞪了乔言一眼，"我来晚了，顾老师下午忽然喊我去帮个忙，我以为很快就搞定的，没想到一直忙到现在。"

我有些吃惊，顾皎喊馨雅去帮忙？为什么，他下午的时候不是在医务室偷懒的吗？他到底打的什么主意？或者说，顾皎到底想做什么？

总有一种被人算计了的感觉，可是仔细去想，又抓不住什么蛛丝马迹。

大概是我想多了吧，我只能这样说服自己。

"忙到现在，一起去吃饭吧，我请客。"乔言在我开口说话之前，抢先一步说，"怎么样？"

"你请客？"馨雅狐疑地看着他，"你这家伙到底打的什么主意？"

"没什么，就是想请你们吃顿好吃的。"乔言微微笑着看馨雅，一副胜券在握的样子。我看向馨雅，想给她使个眼色让她别答应，只是馨雅却一直盯着乔言看，没有注意到我的眼神。

"随便吃什么都可以？"馨雅不怀好意地问。

"当然。"乔言肯定地说。

馨雅转身就抓住我的手臂说："就这么定了，小夏，我们今天去吃顿好的，反正有人请客。"

"可是……"我想再说点儿什么，然而馨雅已经一副就这么定了的架势，不由分说地拽着我就往前走。

事已至此，我再说拒绝的话，就显得很假很矫情了吧。

想到这里，我便不再说什么，只想着什么时候，找个机会将他请吃饭的人情还掉就好了。

一开始我有些担心馨雅不懂分寸，会点很贵很贵的菜，不过我的担心似乎有些多余，馨雅其实一直都不是个出格的人，她挺懂分寸的。

吃完饭再回学校，天早就黑了。不是月中，月亮仍然没有，只有漫天繁星，像是缀在黑幕上的宝石，一闪一闪，熠熠生辉。

"小心一点儿！"在我抬着头看着星星的时候，一辆车从我边上擦了过去，乔言眼疾手快地拉住了我，"走路不看路，很危险的。"

"谢谢。"我忙说了一声。

"啧啧，有人扶着真好。"馨雅坏坏地笑了一下，"不像我们是孤家寡人啊。"

"馨雅！"我被她说得有些不好意思，"别胡说。"

"我才没有胡说呢。"馨雅吐了吐舌头，缩回了脑袋，不再说话。

一路再无什么风波地回了寝室，总觉得今天一天好漫长，明明一天固定都是二十四个小时，白天的时间更是只有十几个小时而已，可是我有种一天过了好几天的错觉。

晚上洗好澡上了床，闭上眼睛正想睡觉，馨雅忽然喊了我一声："小夏。"

"嗯？"我应了她一声，其实我并不太困，下午睡了半天，现在完全没有睡意，只是累了，想闭着眼睛养精神而已。

"其实啊，我觉得乔言这个人还不错。"她想了想说，"如果小夏你喜欢他……"

"我不会喜欢他的。"我打断她的话，"馨雅，你知道，我这辈子大概都不会和谁在一起了。"

"好吧。"馨雅翻了个身，嘴里低低地嘀咕了一句什么，但是我没有听清。

后来我曾经想，假如这个时候，我听清楚了她说的那句话，那么后来很多很多事情，就不会变成那个样子了。

然而这世上最最残忍的，就是没有假如，没有如果。

04 ❀❀❀

时间一天一天在走，流水似的一去不回头，一切都开始归于平静。乔言总是出现在我面前，也不会让我觉得紧张或者排斥，所有的一切，都渐渐地变成一潭幽静的湖水。

如果不是伊秋来找我，我想这种平静的生活会一直持续到这个学期的结束，甚至是整个大学的结束。

开学也有两个多月了，但是除了开学那天一起来学校之外，伊秋并没有来找过我。当然如果可能，我希望她永远都不要来找我。

曾经的姐姐，是最最温柔的、总是护着我的、照顾我的好姐姐，可是现在的姐姐，面对我的时候，永远都是愤怒的，像野兽一样张牙舞爪。什么话最伤人，她就挑什么话对我说。

我一直不明白为什么我们会变成这样，是因为一个顾白吗？

只是因为一个顾白吗？

我不明白。

伊秋来找我的时候，我和馨雅才上完一节大课，她来得气势汹汹，站在教室门外大声喊我："伊夏，你给我出来！"

所有人的视线都落在我的身上，那是三个班级一起合上的大课，那些人的目光压得我有些喘不过气来。

如果可以，我真的很想像鸵鸟一样，挖个洞把自己埋起来。因为我不想面对伊秋，不想面对那些会让我觉得痛苦的事情，可是我不得不出去见她。

我知道，我越是不出去，她就越是愤怒。

只是我不知道，为什么她要来找我，我明白，不只是我不愿意见到她，其实伊秋也不愿意见到我。她喜欢顾白，而我是害死顾白的人，她见到我，便会想起那些不快乐的事情。

所以如果可能，她也绝对不会来找我的。

我一脚才踏出教室，脸上便火辣辣一痛，伊秋尖锐的嗓音跟着就传进了我的耳中来："伊夏，你太过分了！"

我错愕地僵在那里，我想过伊秋来找我，必定是带着怒气来的，可是我不知道我做了什么事情，让她一上来就狠狠甩了我一个巴掌，甚至说出"伊夏，你太过分了"这种话。

耳边是喧嚣的人声，他们在窃窃私语，我知道，但我不想知道！

"姐。"我轻声说，"我们要不要出去说？这里，不是说话的地方吧。"

她听我这么说，愣了一下，跟着便嘲讽似的看着我："你害怕了吧？"

"是，我害怕。"我不否认我的恐惧，我害怕面对那种眼神，那让我受不了。

"伊秋，你来干什么！"馨雅因为上课的时候憋了很久的尿，一下课就跑去了卫生间，现在回来了，看到伊秋站在我面前，顿时如临大敌似的将我拽到身后，"你别总欺负小夏。"

"你让开。"伊秋冷冷地看了馨雅一眼说，"这是我和她的事情，我们姐妹之间的事情，外人不要管。"

馨雅脸色猛地一白："伊秋，你说的这是什么话！"

照着馨雅的脾气，这么下去的话肯定在这里就得打起来了，我连忙拉住馨雅，说："馨雅，我们出去说。"

馨雅意识到这是在教室门口，而且周围人来人往的，已经有很多人在偷偷朝这边看了。

"跟我来！"馨雅说着，拽着我的手臂，回头挑衅似的瞪了伊秋一眼，伊秋跟着我们往前走。上课的铃声响了起来，很多人都急匆匆地往教室跑，只有我们三个人逆着人潮往外跑。

一口气跑到很少有人去的实验楼的后面，馨雅这才松开我的手。

"这里够偏僻，不会有人打扰。"馨雅冷冷地说，"伊秋，你到底干什么来了？这么久以来我们谁也不碍着谁，挺好的啊。"

伊秋看着我和馨雅，仿佛在看两个狼狈为奸的坏人。

她说："苏馨雅，你这样真的好吗？你不怕顾白去找你啊？伊夏害死了顾白，你非但不怪她，你还处处维护她。今天这个事情和你没关系，你给我走开，这是我和伊夏之间的事情。"

"馨雅。"我拉住了想要上前和伊秋理论的馨雅，"我可以的，你不要担心，你不能总是这样站在我面前保护我啊！"

而且我不想她为了我，被伊秋说那些难听的话。

馨雅见我这么说，便没有继续说下去，她往后退了几步，在实验楼前面的台阶上坐下。

"姐，到底是什么事让你这样生气？"到了这个时候，我反而平静了下来。

"你没有忘记你当初说的话吧。"她冷冷地看着我说,"当初在顾白的墓前,你对他说的话你还记得吗?"

"我当然记得。"那是我发誓要一辈子都不能忘记的话。

"你对顾白说,你会一辈子都一个人生活,永远不会忘记自己的过错。你不会再笑,不会再感觉到快乐,因为那是对他最大的背叛!"伊笑一字一句,都像刀子一样,一刀一刀刺在我的心口,"可是伊夏,才过去了几个月!甚至都还没有超过半年时间,你就把你说过的话,全都忘记了!"

"我没有忘记!"我大声说道,"我不会忘记,也不可能忘记!"

"你说谎!"她用比我更大的声音冲我吼道,"你以为我不在这个校区我就不知道了吗?伊夏,你真是能耐啊,你和乔言之间算是怎么回事!"

乔言?我心里"咯噔"一下,脑中乱糟糟的,为什么伊秋会知道乔言的事情?

伊秋当初高考分数并不够让她进入这所学校,后来是爸妈托人找的关系,让她读的这个学校的本三。但本三和我们不在一个区域,虽然和我们进出都在一个校门,但学习和生活都在学校专门划出来的区域里。

隔着这样的距离,加上平常我们并没有什么联系,她为什么会知道乔言的事情?

"你说话啊!"她见我不说话,便笃定我是心虚,"伊夏,你还要不要脸?自己说的话都能不算数,你这个自私的家伙!"

"我没有。"看着姐姐这个样子,我有一种深深的无力感。

她在心里已经给我定了罪,那么无论我说什么,对她来说都是借口,永远也不要向一个不信任你的人解释，因为那毫无意义。

"姐，我不管你相信也好，不相信也罢，我和乔言之间不是你想得那样，我和他之间清清白白，我现在不喜欢他，将来也不会喜欢，这么说你满意了吗？"我静静地看着她，用一种连我自己都吃惊的平静语调，跟她说了这些话，"我从不觉得我对不起你什么，我就算有罪过，那也是因为顾白，不是因为你。我的错我自己会扛着，就这样吧。"

05 ❀❀❀

你永远也叫不醒一个装睡的人，你永远也留不住一个出走的心。

说完那些话，我没有再留下来和伊秋争吵，正如我说的，我觉得愧疚，觉得抱歉，并不是对伊秋。我有所亏欠的那个人，从头到尾只有一个顾白。

我拉着馨雅从伊秋面前走开，走了几步之后，我听到了伊秋撕心裂肺的哭骂声。我加快脚步，假装什么也听不到。

"小夏，你没事吧？"馨雅眼神里满是关心和担忧。

"我没事啊，我很好不是吗？"我冲她微微笑着说，"我今天，是不是好勇敢？"

"你不要再笑了。"馨雅眼睛里的担忧之色越来越浓，"你没感觉吗，小夏？你浑身都在发抖，你笑得比哭还要难看？"

我瞬间蹲在了原地，馨雅看破了我的逞强，于是我全部的伪装在这一刻分崩离析，我的双腿再也没有往前走的力气了。我浑身颤抖得厉害，以至于我根本没有办法开口说哪怕一句话，一个字。

"你不要吓我啊！"馨雅的声音里带了一丝哭腔，她试着将我拉起来，可是我浑身使不上一点儿力气。

刚刚和伊秋的对峙中，我全部的力气都耗尽了。我不由得苦笑一阵，果然啊！哪怕我装得再好，哪怕我表现得再强悍，也无法做到真正的强大。

说什么从头到尾觉得亏欠的只有顾白，说什么你信也好不信也好，其实都是骗人的。

可最后，没有骗到伊秋，也没有骗到我自己。

我越是想念曾经的伊秋，越是想要抓住回忆里温暖的姐姐，就越是无法原谅自己。要是没有遇见顾白就好了，要是没有喜欢顾白就好了，要是那天没有约顾白去那个站台见面就好了，要是那天……我没有打那通电话就好了。

是的，顾白出事那天，他本和伊秋在一起。我在说好的站台边上等了又等，却一直等不到他来。我以为是他忘记了时间，于是给他打了一通电话。

于是原本和伊秋待在一起的顾白，乘坐了那辆开往地狱的公交车。

怎么可能不觉得抱歉？

怎么可能不难过？

我在骗人，一直一直，都在骗人啊！

是我毁掉了这一切，没有我，馨雅和姐姐还有陈朗、顾白，他们都还是最好的四人帮。没我硬要加入其中，这一切都不会走到现在这个地步。

曾经的友情，明明已经变得破破烂烂了啊！

为什么那时候出车祸的不是我呢？是我的话，剩下来的几个人，一定会比现在快乐吧！

我是罪魁祸首，我是最不应该被原谅的那一个，我是……不能被原谅的，也是永远都不配得到快乐的那一个。

"你不要吓我啊，小夏。"馨雅在边上急得快要哭出来了。

我张了张嘴想和她说不要担心我，可是我没有办法发出声音，我什么都说不出来。于是我变得更加着急，着急的我更加无法发出声音。

我在这个死循环中找不到出口，好像天空下了一场稠密的大雾，我在雾中一直走一直走，可是无论走到哪里都找不到对的路。

她急得翻出了手机，然后给陈朗打了个电话，她做的事情说的话我都清楚地知道，可是我就是没有办法回应。

一切仿佛回到了顾白车祸那一天，我站在离他十米开外的站台上。我想去到他身边，可是我一点儿力气也使不上。有人一直在和我说话，可是我的注意力全部在顾白那里，所以我不知道那个人到底对我说了什么。然后就在我焦急万分的时候，那个人将我拦腰抱起来，他就这么抱着我一直往前跑，我想说放我下来，我要去顾白身边，可是我做不到。

仿佛魔住了一样，我明明很清醒，却什么也不能做。

顾白倒在血泊里，我看到他在朝我笑，他冲我伸手，满手都是血。我只能这么看着，看着，然后那个人抱着我拐了个弯，顾白就被密密麻麻的人群围在了中间，我什么也看不到了。

那就是我与顾白的最后一面，那个画面变成了最可怕的梦魇。

那时候他朝我伸手，他无声对我说的，到底是什么呢？

他是不是后悔与我见面，后悔认识我呢？

思绪像是一匹脱缰野马，不受我控制，很多很多我一直压抑着不肯去回想的事情，他们争先恐后地扑上来，像是要将我彻底吞没一样。

陈朗来得很快，馨雅和陈朗一起将我从地上拉了起来。他将我背了起来，一路往医务室走。其实我想和他们说我没有事，只要让我静一静，让我一个人待一会儿，我就没事了。可是这样简单的事情，我也做不到。

有时候馨雅和陈朗，他们对我越好，我心中的愧疚感就越浓。顾白是馨雅的表哥，一直是馨雅的骄傲；而陈朗，他是顾白从小一起玩到大的铁哥们。

我将对他们来说最重要的人夺走了，假如他们像伊秋那样，讨厌我，发誓一辈子都不原谅我，或者我心里的罪恶感就不会这么重了。

人真是一种矛盾的存在，想要他们对我好，又想他们憎恨我讨厌我，可是这世上，哪里有这样复杂的关系？

陈朗一路背着我去了医务室，他背着我进入医务室的休息室时，我很意外地看到了顾皎，他还躺在上次躺着的那张床上，见我来，眉心微微皱了起来。

校医进来，给我打了一针镇定效果的药水，然后他将馨雅和陈朗都赶出了医务室，让他们晚点儿再来。

校医关上了休息室的门，世界一瞬间安静了下来。

包括脑海中的那些纷纷扰扰的声音，也在这一刻全部都安静下来了。

我睁大眼睛盯着雪白的天花板，呼吸越来越平静，原本颤抖得厉害的心脏，也终于慢慢地不再颤抖了。

"呵呵，算起来，我们是第二次在医务室遇到了吧？"顾皎的声音带着淡淡的笑意，"称得上是病友了吧。现在好些了吗？还是说不出话来吗？"

我回头看了他一眼，顾皎正看着我，镜片后面的那双狐狸眼，是微笑的模样。

"啧啧，说不出话来，还真是可怜呢。"他一如既往的毒舌，"该不会以后你都说不出话了吧？做哑巴的感觉可不好。"

"因为无法解释，百口莫辩，不知道要怎么说才好，所以连说话的能力都失去了。"他用一种很可怜的语气说，"真可怜啊。"

"闭嘴！"一口气淤积在喉咙口，我用力一呼，终于将那压得我很不舒服的郁气呼了出去，而声音也在这时候，一并找了回来。只是开口说的第一句话，呃，不太合适。

"抱歉。"我低低地说，"我只是……"

"我明白，不用道歉，换成我是你，早该喊出这两个字了。"他丝毫不介意的样子。

我张了张嘴想说点儿什么，最后还是决定什么都不说了。

我闭上眼睛，决定睡一觉，刚刚那一阵折腾，我非常非常疲惫，眼皮子已经连张开的力气也没有了。关于我吼了顾皎这件事……既然他说不用道歉，那就算了吧！

反正我一直一直，都很想吼他一顿的。

第四章
CHAPTER 04

Waiting For The Summer Snows
【乔言·雨水】

　　七月的雨是你眼角的泪痣，你笑的时候，整个天空都是碧蓝蓝的；你哭的时候，世界便是汪洋大海。

　　想送你一把永不破损的雨伞，这样就算外面倾盆大雨，你的世界仍然明媚如阳，璀璨如光。

01 🌿

黄昏的暖阳，暧昧并且柔软。

她沐浴着黄昏的日光。

她睡着的模样，宁静美好，像是被最精巧的工匠做出来的最美丽的玩偶。意识到她的美丽，就是在这个黄昏，我推开医务室休息室的门的一刹那。

她闭着眼睛，睫毛在眼下留下一片阴影，苍白色的面孔看上去那样脆弱，单薄的唇抿成倔强的模样，像是可以睡到地老天荒。

顾皎在我肩膀上轻轻按了按，他没有说话，而是错开我走出了休息室。

这是第二次，他告诉我伊夏在这里的消息了。

上一次，是伊夏被棒球砸中额头；这一次，是她情绪失控。

我目送着顾皎离开，心中不是没有疑惑的。他为什么要告诉我，就像之前他和我打球打赌，输了就要说服伊夏继续担任班长。他说他只是直觉，但这显然不是原因。

他到底是为什么要这样做呢？我不明白。而且为什么他总是出现在医务室，看他的样子，不像是身体有问题，可正常人，谁会没事就待在医务室呢？

我也试探着问过他很多次，可是每次都被他岔开，要么就是一副"我就不告诉你"的模样，所以这么多次我一次都没有得到我想要的答案。本来想着自己总能找出原因，可是事到如今，我非但没有弄清楚上一个事情的原因，他又给我出了好几道难题了。

我有试着去调查顾皎的过去，想看看他和伊夏是否曾经有过交集，但是结果让人遗憾。我能知道的有关于顾皎的信息，就是他是在国外留学回国的，是今年才应聘进我们大学，成为辅导员的。

之前打球的时候我就知道他是第一次当辅导员，这和我问到的信息一样，没有什么出入。

这就说明，顾皎在之前根本不认识伊夏。既然不认识，他为什么要对伊夏的事情这么在意呢？

想不明白，只好暂时不去想。我走到顾皎原本坐着的那张靠窗的小床边上，随手拿起顾皎留下的杂志坐下来慢慢地看。

伊夏睡着了就不容易醒来，那天下午我在这里坐了有两个小时她才醒来。她问我是不是等了很久，我说了个谎。好像我从第一次与她搭话开始，就一直在对她说谎，可是我怕不说谎，就没有办法靠近她。

坐在那里胡思乱想了一会儿，伊夏这一次醒得很快。

"乔言？你怎么会在这里？"我听到她用很诧异的声音问我。

我放下手中的杂志，冲她露出一个灿烂的微笑，说道："因为我听说你身体不舒服，所以来看看你。"

有时候谎话说得多了，也偶尔想说一些真话。这一次，不想用很巧啊，偶然遇见啊，这样的话来和她做开场白。我想让她知道，我会出现在这里，是特地来看她，并非什么偶然。

她静静地看着我，好一会儿才对我说道："乔言，以后你还是，离我远一点儿吧。"

她眼底曾经消融的冰雪，在我以为我已经将它们彻底赶出去的时候，又一次出现在了她的眼神中。

那是一种冷漠的，拒人于千里之外的眼神，她看着我，就像在看一个陌生人。

"我们不是说好了吗？"我强迫自己保持微笑，这么点儿打击就沮丧，我就不是乔言了。

"我不记得我们有说过什么。"她从床上坐起来，她挪开视线看着窗外，铅色的云团渐渐吞没斑驳的晚霞，黑夜渐渐地靠近了，"如果我之前让你有什么错觉，我说声抱歉。"

"错觉？"我不明白她为什么要这么说，我明明感觉到自己已经在朝她靠近了，我以为自己很快就能看清她的内心了，可是在这个时候，她忽地又飘远了。

一时间我甚至分不清，是我根本从未靠近过她，还是她已经做出了最后的决定。

"是的，错觉。"她语气很生疏，不带一丝的感情，"就重新回到陌生人吧。"

"连朋友也没得做？"我看着她的脸，不想错过她脸上任何一个表情。

"对。"她似乎犹豫了一下，虽然很短暂，但是我看到了她的迟疑。

"开什么玩笑！"我站起来走到她面前，伸手扣住她的下巴，强迫她看着我的眼睛，可是在看到她眼睛的一瞬间，我的心脏像是被人狠狠地击了一拳。

她的眼圈有些泛红，眼底聚集着水汽，她几乎都要哭出来了。

"你……"我错愕地看着她。

到底怎么回事？

为什么她要用这种表情，说出这样的话？

她的模样和迎新晚会那天的样子重合起来，一样的眼含泪光，一样的……口是心非！

她一把拍掉我的手，然后用力推开我，飞快地从休息室里跑了出去。

我追了出去，然而才追了几步远就被一个人拦了下来。

拦住我的人是陈朗，他表情有些复杂地看着我。

我被他看得有些莫名其妙。

我说："你让开，不要拦着我。"

"不要去。"他出声阻止我，"如果不想她再变成这样，那就不要去。"

"可是我怎么可能让她就这么跑掉！"我用力推了陈朗一把，他踉跄地退到一边，却又飞快地回到原先的位置，阻止我去追伊夏。

"有馨雅，她会没事的。"陈朗的神色显然也有些担忧，"你不要再靠近她了。你难道不知道吗？你越靠近她，她就会越混乱。如果你真的喜欢她，那就拜托离她远一点儿。"

"就像你这样吗？"我一点都不认同陈朗的话，真正喜欢一个人，怎么可能甘心离她远一点儿？

陈朗脸色蓦地一白，被我说中心事之后，他眼神里闪过一丝落寞和无奈："我以为我隐藏得很好。"

"喜欢是藏不住的啊！"我说，"第一次在食堂见到你，我就觉察到了。"

他身形僵了一下："所以你才会问我，我和她之间，是不是只是好朋友？乔言，你这家伙……"

"我不要做笨蛋。"

陈朗喜欢伊夏，这是很显而易见的一件事，可是我不想像他一样，当一个沉默的骑士。我想要待在她的身边，不仅是守护她，还想要帮她找回曾经的那个笑容。

那样的伊夏才是真正的伊夏，现在的伊夏根本一点儿都不快乐啊！

她应该像夏天一样，给人活力四射的感觉，而不是现在这样一副暮气沉沉的样子。

"我不是你，你也不要以你的标准来约束我。"我说着，再次推开陈朗，大步往前走去。

"哪怕你会让她更痛苦，也没关系吗？"陈朗大声喊道，"什么都不知道的人，横冲直撞会撞伤很多人的，你知不知道？"

"正因为什么都不知道，所以才不会有所顾忌。"我淡淡地说了一句，便不再理会陈朗。

在我眼里，陈朗只是个骑士，一个懦弱的骑士而已。真可笑，之前我还将他当成了一个对手，一个需要谨慎防备的对手。

02

可是老天爷似乎一定要阻止我找到伊夏。

我跑到半路上，竟然又被另一个人拦住了。

这一次，拦住我的人是苏馨雅。

她说："你别去了，小夏现在不想看到你。"

"为什么？至少给我一个被判死刑的原因吧。"

我本想错开她往前走的，然而现在我改变了主意。伊夏的心里藏着一道门，她紧紧地关着那扇门，从外面根本没有办法推开。我试过了，可是这些天来，效果几乎可以忽略不计。

既然没有办法从外面推开那扇门，那便只能从里面推开了。没有问陈朗，是因为我肯定他不会告诉我。在我眼里，他是个对手；在他眼里，我肯定是惹人嫌的闯入者吧！

他是绝对不可能告诉我伊夏的过去的。

那么只有苏馨雅，只有从她这里知道答案了。

"对不起，我没有办法告诉你原因。"苏馨雅想了想，最终丢下了这句话给我，"我要回去了，我得陪着小夏，所以你不要试图拦着我。"

"你走吧。"我并不想为难她，因为那毫无意义。

苏馨雅倒是愣了一下，像是没想到我会这么轻而易举地就放她走了。

"记着，离伊夏远一点儿。"苏馨雅走之前，对我留下这样一句话。

这句话，陈朗也对我说过，伊夏自己对我说过，现在苏馨雅也对我说了。

好像全世界都在让我远离伊夏，全世界的人都不让我到她身边去。我的手轻轻捏了起来，可是那又有什么关系，我就是要到她的身边去。

我原本觉得她的过去是什么样子的并不重要，甚至对她说出了在痛苦的回忆里，加进去一些快乐的事情，这样天真的话。但是现在我明白了，想去她身边，必须剥开一直缠绕在她周遭的迷雾，这样我才能在她想要再次远离时，伸出手抓住她。而不是像现在这样，仿佛在大雾天里寻找她，她就在咫尺，可伸手只抓到一把破碎的雾气。

伊夏，过去的你到底发生了什么对我来说并不重要，我只是想将你从悲伤的迷雾丛林里拉回明媚的日光下，让你重新活得像个夏天。

回去之后，我调查了一下下午的时候发生在伊夏身上的事情，要查出来并不难，永远不要小瞧好奇心的力量。

也是这个时候我才知道，伊夏还有个姐姐叫伊秋，并且她就在我们学校，只是念的是本三。据我听到的信息，下午的时候，伊秋气势汹汹地跑去找伊夏。她们似乎吵得很厉害，可是后来她们去了别的地方吵架，所以没有人知道她们为什么而争吵。

伊秋吗？

伊夏的姐姐，离伊夏最近的人，却是让伊夏情绪波动的人。

看样子，我得找个时间去见见伊秋，或许从她那里，我能够问出一些信息。

不过还没等我去找伊秋，她就先来找了我。

那是三天之后的事情，我下了课从教室回寝室楼的路上，一个漂亮的长发女生拦住了我。

第一眼不用问我就知道那是伊秋，因为伊秋的长相和伊夏其实很像。

她的一头长发乌黑秀气，已经到及腰的位置，穿着格子大衣，拦住我的时候，脸上的表情分不清喜怒，只是那双眼睛，一直探究似的看着我，像是要将我整个人都看透一样。

"你就是乔言。"她用的是肯定句，"你应该知道我是谁吧！"

"伊秋，伊夏的姐姐。"既然她上来就说得这么直截了当，那么我也不好和她装傻，大家都不兜圈子。

"你喜欢伊夏吧！"她似笑非笑地说，"听说你在追我妹妹，是这样吗？"

"你想说什么？"我不认为她主动来找我，就是想和我说这种无关痛痒的问题。

"找个地方坐坐吧。"她说，"我知道有一家咖啡店不错。"

于是十分钟后，我和伊秋坐在了学校附近的一家咖啡店里。

随便要了一杯咖啡，我看着坐在我对面的伊秋，她不急不慢地喝了一小口。我心中揣摩着她找我的目的，毕竟我和她并不认识，我们之间唯一的话题只有伊夏一个。

她不急着开口，像是在等我先开口，我也并不急。

她主动来找我，单纯只这一点来说，她就已经输了。

"你很沉得住气，难道你就不想知道，我来找你的原因吗？"终于，伊秋打破了沉默。

我耸耸肩说："既然你已经来找了我，自然会让我知道原因吧。"

"你倒是胸有成竹。"她笑了笑，只不过那笑容里带着一丝嘲讽，我只当没看到。

"说说吧。"不想和她多费口舌，虽然她有一张和伊夏相似的脸，但是不知道为什么，我并不喜欢对着伊秋的脸。

"来找你其实也没有别的事情，只是有些事情想告诉你。"她缓缓地说，"你现在这样，是追不到小夏的。"

"你是来给我出谋划策的吗？"听她这么说，我一时间倒是有些弄不明白她找我的目的了。

"可以这么说。"她点点头说。

"如果我的消息没错的话，你和伊夏关系应该不太好，你去找她吵过架。"我并不认为她会这么好心，她和伊夏之间明显有问题，她怎么可能这么好心地跑来给我出谋划策呢？

"的确是这样。"她并没有否认，"正因为这样，所以我才要你和她在一起，她越不想做的事情，我越想她去做。"

"你知道她拒绝了我？"我有些惊讶，"因为你和她对着干，所以你希望她接受被她拒绝的人？抱歉，我有些不懂你的逻辑。"

"你不需要懂。"她说，"你只要知道，不管我和小夏之间的关系是怎样的，我是来帮你的，只要知道这一点就足够了。"

我想了想说："我怎么确定你是来帮我的？我们这才是第一次见面，还是两个陌生人。"

03 ❀❀❀

"你当然可以不相信我，我本来也没指望你相信我。"她无所谓地说道。

她说完这句话，端起咖啡一口气全部喝掉了。

像是终于做好了决定一般，她深吸一口气，说："我们来做个交易吧，乔言。"

"你想从我这里得到什么？"我静静地看着她，这是她今天出现在我面前的时候，我脑海中浮上来的最大的疑惑。

"我不想从你这里得到什么，虽然我和小夏之间有很大的问题，但不管怎么样，我希望她幸福。"她用一种很真诚的眼光看着我，"哪个姐姐不希望妹妹开心，你知道我为什么要去和她吵架吗？"

我还没有来得及回答她的问题，她已经自顾自地说了下去："她一直把自己关在一个人的小世界里，因为过去的伤痛不肯朝前走。我听说你在追她，可她总拒绝你，所以想去骂醒她，就是这样。"

我的眉心下意识地皱起来，总觉得事情并非像她说的那样，但她说的倒也不是没有道理，一时间我分辨不出她说的是真是假。

"我来找你，是希望你不要放弃小夏。你是个好人，如果有你陪着她，她一定会快乐起来的。"她从随身带着的包里面拿出一样东西放在我面前，那是一只水晶发卡，"可以麻烦你，把这个发卡送给小夏吗？找个好时机，我相信这个一定可以帮到你的。"

我看着那只发卡，不解地问："这个发卡，有什么故事吗？"

"由你自己去发现那个故事不是更好吗？"她显然并不打算告诉我关于伊夏的过去，"留个联系方式吧，我是伊夏的姐姐，有我帮你，你一定可以很快追到她的。"

我没有拒绝，我和伊秋交换了手机号码，伊秋拿到我的手机号码之后就离开了。

我坐在沙发上，将发卡拿起来，反复看了很多遍，也没有看出这个发卡有什么特别的地方。

我不太相信伊秋，但她说的一句话没有错，那就是她是伊夏的亲姐姐，如果有她帮忙，我的确是可以更快地接近伊夏。

正想到这里，手机响了起来，我拿起来看了一眼，来电显示是顾皎。我忙接了起来，因为顾皎会找我，多半是因为伊夏的事情。

果然，这次也不例外。

"一个学期要结束了，你没有忘记我们之间的约定吧？"他的声音懒洋洋的，像是才睡醒一样。

"我没忘。"我说，"你不用特地来提醒我。"

"这就好，这么长时间了，我以为是你的话，一定已经搞定了。"他淡淡地说，"我在想我是不是高估了你？"

"时间还没有到，你就等着吧。"说完我挂掉了电话。

是了，我答应顾皎说服伊夏接受班长这个职务。可是一个学期快过去了，我和伊夏兜兜转转的，好似又回到了最初的原点。

走出咖啡厅，苍白色的阳光照在身上，感觉不出多温暖，天气已经冷了，再过些天，这座城市就该下雪了吧！

我给伊夏打了个电话，但是她没有接，我发过去的短信也没有收到回复。原本消融的冰山，在近乎融化的时候，瞬间结冰。

不过就这么气馁不是我的作风，我这个人没有什么别的优点，能被拿出来细说的，大概就是不会轻言放弃，认准了就一定会做到，哪怕前面是一条死路，也一定会一条路走到黑。

所以决定好了要去伊夏那里，就算被拒绝一百次，我也会第一百零一次让她接受我。

快到学期末，大学散漫的气息终于有了一丝紧张的味道，因为期末考就要来临了，若是考不过，挂科也不是闹着玩的。

我试着去她的寝室楼下找她，可是站了很久也不见她来。有时候看到馨雅从我身边路过，每次欲言又止，最后叹着气从我身边走开。

我也试过去她上课的教室外，再次制造一场偶然遇见，但是我一直见不到她，辗转听说她请了病假，所以已经很久都没有去上课了。

她生病了吗？

我靠着窗台，手里握着手机，想要再拨通她的号码，最后却没有继续。

时间一天天溜走了，考试结束的那一天，有个陌生的号码给我发了一条短信。

短信上只有一句话：她在图书馆。

顾不得去想这条短信是谁发给我的，因为在看到短信的那一瞬间，我已经抓起外套冲了出去。从那次她让我离她远点儿，已经过去了一个多月。

这一个多月我找不到她，我这才明白，这个世界上，如果有人刻意想要躲着你，那么哪怕那个人近在咫尺，你也无法遇见的。

以前我不信，可是现在我信了。

我一口气跑到图书馆，从最下面一层，一个位子一个位子找过去，最终在二楼的阅读室看到了她。

冬天的阳光，苍白宁静，照在她的身上，将她整个人照得近乎通透。她的嘴唇没有什么血色，一双大眼睛也没有精神，她就坐在那里，好似被时光遗忘的布偶。

我站在门口，她坐在离我十米开外的地方，心情变得很微妙。明明我焦急地找了她这么久，可是现在她就在这里，我却有一点儿不敢靠近她的感觉。

曾经让我记挂了很久的笑容，如今想来已经很模糊了，她就像一幅褪了色的水墨画，沉默，倔强，让人不知道该拿她怎么办才好。

意识到自己的天真和狂妄，也是在这一瞬间。

那时候我想，我不知道伊夏到底是个什么样的人，我自顾自地决定无论她是什么样子的，我都会喜欢。这么想来这样的理由，看上去冠冕堂皇，但是却宛如空中花园一样，支撑着花园的那根柱子一旦倾塌，那么那如梦似幻的花园就会分崩离析。

支撑着我一直努力地去到她身边的，是当初的那个笑容，可现在我站在这里，无论多努力，也没有办法清晰地想起那个笑容的样子了。

我真的喜欢这个女孩子吗？

我真的有我想得那么喜欢她，那么想去她身边吗？

我站在原地，心里好像压了一块巨大的石头，让我呼吸都不太顺畅。我想从这里逃跑，我知道我只有这一个机会能够从这里逃跑。跑开了，我就彻底失去接近她的机会，跑开了，我便不用再把她放在心里，我与她会重新回到擦肩而过也不会回头看一眼的，陌生路人的关系。

心里猛地一痛，只是想到要与她擦肩而过，就让我感觉到害怕。

那不是我想要的结果，我不想就这样与她错过。

只要往前走一步，只需要一步，伊夏抬起头看看我吧，只要你一个眼神的肯定，哪怕去往你身边的那条路满是荆棘，我也一定会微笑着走到你身边的。

这一瞬间，像是感受到了我的心情，一直安静地埋头看书的伊夏，她缓缓地抬起了头。

发现了吗，伊夏？

我的心里在进行一场战斗，有个声音让我远离你，有个声音让我靠近你。

你能给我答案吗？

我到底应该拿你怎么办呢？

04

她看到了我，十步远的距离，好像变成了十万丈的红尘。

她站在岁月的那一头，我站在尘世间，这之间隔着的是一道川流不息的忘川。

她的眼眸近乎透明，日光下，那里闪过一道亮光，虽然那道光很快就逝去了，但仍被我捕捉到了。

我的嘴角扬了起来，原本千斤重的双腿，变得鸿毛一样轻。我抬起脚一步一步朝她走近。猝不及防的时候，最容易泄露一个人真正的心意。

我看到了伊夏，尽管你让我走，一直都在让我走，可是那个眼神骗不了人。

就像那天，漆黑的操场上，你一直在让我离开，可是眼神是那么悲伤。

就像今天，冬阳下的图书馆里，你坐在那里，用一个眼神告诉我，你对我并非全然没有感情。

这就足够了，足够我得出一个答案。

"好巧啊！"她看着我，说了这样一句话。

"不巧，我就是来找你的。"我拉了椅子在她对面坐下，我认真地问道，"你一直在躲着我吧？"

"我以为这样对你对我都好。"她低下头，轻声地说道。

"如人饮水，冷暖自知，怎么才是好的，只有自己知道吧。"我静静地看着她，"不要总是想要拒绝我，我说过，你越是拒绝，我就越是不想走开。"

"那么如果我告诉你，其实我有喜欢的人，你是不是就会放弃了呢？"她语气淡淡的，神色带着一丝疲惫。

我心里微微一颤，尽管我有想过她其实有喜欢的人，但真的从她嘴里说出来，还是让我有点儿在意。不过这是不是说明，她在让我知道她的过去？

比起简单的一句离她远一点儿，愿意告诉我她的过去，这算是一种进步吧！至少不管怎么说，她紧闭的心门，有意地或者无意地，都在缓缓地向我开启。

"那个人现在还好吗？"我放缓了声音。

她眼神猛地一颤，像是有什么痛苦的事情在困扰着她一样。

果然，她轻轻地摇了摇头，说道："他不好，很不好。"

"我在听。"我轻声说。

"他死了。"她看着我，一字一顿地说，"是因为我的关系，我害死了我最喜欢的人。他本应该属于这里的，因为我们大家都约好了要一起来考C大的啊！他本该有一个美好的未来，本该被很多人知道他的好，可是他死了。现在你明白了吗？乔言，不是你不好，拒绝你是因为你太好了。我这样的人，这一辈子都不配得到别人的关心。"

我怔住了。

我想起那天晚上，她对我说的三个字：我不配。

那时候我不明白她为什么要这样说，很多时候我都不明白她为什么一定要拒我于千里之外，要到现在我才知道，原来她心里藏着的那些秘密，会沉重到这样的地步。

那首《盛夏的果实》对她来说到底意味着什么，我也曾想过很多遍，她说乔言，那并不是痛苦的回忆。

是啊，有时候并非痛苦才伤人，反而是回不去的快乐，在巨大的悲剧面前，才让人无法承受。

原来我真的如他们所说，什么都不知道。

"这段时间其实我也想了很多。"她合上书，下巴抵着书页，笑容前所未有的恬淡，她笑了，可是这笑容并不是我想从她脸上看到的那一种。

"我啊，觉得自己一定是无意间做对了什么，不然像乔言你这样好的人，怎么可能会对我说出一见钟情的话？如果我早一点儿遇见你，我一定会喜欢你的。我没有说笑，也不是骗你。你一定不知道，假如这世上的人都是天空密密麻麻的繁星，那么你一定是星星里最闪耀的那一颗，总是在笑，总是那么快乐，像是永远都不会受伤。"

她的声音轻轻的，仿佛清风一样，一阵阵地拂过我的心间。

这是她第一次用这样的语调和我说话。

"所以我不能让这样的你待在我这种人的身边，你值得更好的女孩子，你要找一个和你一样，在人群里像是会闪闪发光的那种女生。你喜欢我，或许只是一时的迷惑，或许只是哪里出了错，因为我这种人，怎么可能让你这样的男生喜欢啊？"她说到这里，忽然不往下说了。

她低下头，盯着手里捧着的那本书的封面。

"选择待在谁的身边，是我的自由。伊夏，不要轻易否定我，也不要否定你自己。在我眼里，在人群中闪闪发光的那种女生，我已经找到了。"

早就找到了，不是吗？

那个人就是你，伊夏啊！

她怔怔地抬起头来，有些不可思议地看着我，然后她不确定地抬起手指了指自己："那种女生？"

我点点头，给了她一个肯定的答案："我承认一开始，我对你的喜欢并没有多么坚定，甚至就是那种肤浅的一见钟情，可是谁都不能否定一时的心动就不是爱不是吗？你说我在你看来，是天上繁星里最亮的那一颗，那么你不知道，你对我来说，就像磁铁一样。"

"可是我不可能和你在一起的。"她似乎有些焦躁。

"没关系啊。"我微微笑着说，"没关系的，伊夏，你不用觉得困扰，我不是为了让你难过而来到你身边的。"

我会等到你展露笑容的那一天，我不是为了难过再次与你重逢，我是为了让你快乐起来，才风雨兼程地，哪怕扭转整个世界，也要与你相见的。

05

那天，她没有再说出让我离她远一点儿的话。那是我和她第一次心平气和地聊天聊了那么长的时间。

我知道了她曾经喜欢过的那个男孩，名叫顾白。他是她一切痛苦的来源，就像是一群人笑笑闹闹地，一路繁花似锦地走来，却在忽然之间，所有音符戛然而止，美好的世界在眼前分崩离析。

曾经有多么快乐，那么现在就有多么痛苦。

顾白吗？

看样子，我得先弄清楚顾白和伊夏之间，到底发生过什么。伊夏告诉我顾白的死，全部都是她的责任，所以她不配再拥有快乐，她要用一辈子的苦难去偿还，去赎罪。

知道伊夏过去的，除去伊秋之外，就剩下苏馨雅还有陈朗了。我本能地不想去问伊秋，总觉得她和伊夏之间存在某种奇怪的关系。从她的眼神里，我看不到一个姐姐对妹妹的爱，反而是一种掩饰不住的恨，在她漆黑的眼眸深处闪耀。

只有苏馨雅或者是陈朗，可是这两个人对我十分排斥，他们根本不希望我和伊夏在一起，肯定也不会愿意告诉我顾白的事情。

那么，只有我自己去找寻答案了吧。

期末考试之后，就是一个月的寒假，这个寒假的到来，伴随着一场大雪。我背着行囊，如来时一般暂别这座城市。

回到家的第一天，顾皎给我发了一条短信，短信上是一个地址。

我给他回了一个电话，他倒是很快就接了起来，我说："作为辅导员，泄露学生的住址不太好吧。"

电话那头的顾皎轻轻笑了一下："是不太好，所以下不为例。"

"虽然很不想说，但还是要说一声，谢谢。"我倚在窗户边上，外面是阴天，窗外一棵大树，叶子全都掉光了，看上去有些萧条，"为什么要帮我到这个地步？"

"我才没有帮你。"他淡淡地说，"你的效率太低了，你就只剩下一个月的时间说服伊夏继续担任班长这个职务。"

"我知道，你没有帮我。"这家伙，还真是狡猾得像只老狐狸，"就这样吧，提前说声新年快乐。"

他没有回我，而是直接挂掉了电话。

我翻开那条短信，看着上面显示的地址。

知道伊夏和我在同一座城市，并不是在这个时候，只是我没有想到，我们之间的距离会那么近，近到乘公交车，只需要三站路。

但现实就是这样奇怪，明明离得这么近，可是前面十多年的岁月里，我没有见过她，她也没有遇见我。我们坐过同一班公交车，走过同一条马路，或者还在同一家小店驻足。

我第一次见到伊夏，并不在大学，而是高考结束的那个暑假。

那天我本是要去学校拿毕业证书的，在公交车站台边上，我遇见了一个女孩。

她混在人群里，却又那么显眼，她穿了一条白色的连衣裙，一头长发一直长到腰际，她发上唯一的装饰，只是一只发卡，如今想来，那发卡和伊秋给我的那一只，非常非常像。

她站在站台边，双手轻轻握着，像是有些紧张。眼神亮得惊人，白皙的脸颊上，因为阳光的缘故，有些泛红。她单薄的唇上，扬起一抹灿烂的笑容。

周围那么热闹，她却只看着马路对面，像是那里有什么人，就要穿过马路走到她面前。

我站在那里看了她很久，她的笑容像磁石一样，吸引着我的视线。而就在这时，她的笑容变得更加灿烂，那一刹那，我以为我看到了夏日最美丽的烟火，"砰"的一声在近在咫尺的地方炸开，有一股电流从我的脚底浮上，一路蔓延到头顶。

就是在这一瞬间，我知道我大概喜欢上了这个长发女生。

在我发愣的时候，不远处忽然传来一阵骚动，我迅速回过神来，她脸上的笑容僵在了那里，她的眼睛里浮上一层巨大的恐惧，她目瞪口呆地看着不远处的一个地方，像是受到了巨大的惊吓一样，她一动不动地笔直朝后倒下。

我的大脑做出反应之前，身体已经冲出了人群，接住了摔倒的她。

我朝她一直看着的方向看了一眼，那里刚刚出了一场车祸，人群很迅速地朝那边聚集，我没有看清楚出车祸的人是什么样子，只依稀看到那是个穿着白色衬衫的少年。

殷红的血在他身下迅速蔓延开来，这个女生应该是目睹了这场车祸，所以受到了惊吓吧！

那时候的我，并没有多想，我只是拦腰将她抱了起来，对她说："你没事吧，你别怕，车祸离这边还有段距离，你别害怕。"

然而她不回答我，像个哑巴一样，嗓子里发不出声音。她只是努力地看着那片人群，我不知道她的眼睛里到底看到了什么，因为那时候的我因为担心她，已经有些乱了分寸。

就像是刚刚发现了一样珍宝，却被人用力地打碎了一样。

我就这样抱着她，飞快地往前跑，我将她送进了最近的医院。

我对医生说："刚刚那边出了一起车祸，她离得近，所以吓坏了，你看看吧。"

要是那时候我再多看一看，是不是会知道，那个出车祸的少年叫顾白？她会因为惊吓而说不出话来，是因为她喜欢的那个少年，以那样惨烈的方式，死在了离她不到五米的地方。

医生给她做了个简单的检查，告诉我她的确是受到了惊吓，得了失语症，不过接受治疗应该会好的。

我就放下心来，我本想问她的名字，可是她这个样子，根本不可能回答我的问题。于是我就想着等她能说话了，再来问她这个问题吧。

医生给她打了一针，她就昏沉沉地睡着了，我在她身边陪了一会儿，老师的电话就打了过来，于是我就只好暂时先去了学校。可是等我从学校出来，再去那家医院才知道，她已经走了。

我惆怅了很久，我每天都去那个站台，想着要是能再见她一次就好了。可是她就像是彻底人间蒸发了一样，整个暑假她都没有来。

她的失语症好了吗？她会不会因为目睹了那样惨烈的车祸，每天被噩梦惊醒呢？

每次想到这些，我就很焦虑。

在我的焦虑中，暑假过去了，我背上行囊，来到C城读大学。我以为可能这辈子都不可能再遇见那个让我一见钟情的女生了，就在开学的第一天，在那座陌生的大学里，我又遇见了她。

你明白那种感觉吗？就像是已经被医生下了病危通知，却又忽然告诉你这是误诊一样。对我来说，这是一个不可思议的奇迹。因为寻找得那样艰难，所以才会在遇见之后，就迫不及待地想靠近她。

因为不想再经历那种遍寻不见，哪里都遇不到的绝望感。

很幸运再次遇见了你，总觉得去了那所大学真是太好了，能与你在那个秋蝉唧唧的初秋相遇，真是……太好了。

第五章
CHAPTER 05\

Waiting
For The Summer Snows 【伊夏·清明】

不要回头看，背后没有你想看的夕阳。人生是很多遗憾堆叠在一起，因为得不到，所以念念不忘。

你挚爱白衬衫，笑起来眉眼弯弯，小大人模样。

在来来去去的人潮里打捞，想抓住雾里游荡的你，可黄昏已近，回忆的戏码已然落幕。

01 🌸🌿

很多人说，因为身在局中，所以看不清很多事情。

我从不知道乔言有多耀眼，若不是姐姐跑来找我，我不知道有多少女生在羡慕我。

他是个帅气的少年，从第一次见到他我就知道，但我几乎都不曾仔细地看过他，所以我没有意识到，他的模样在整个大学，都是出挑的。

因为我从不会将目光停留在他身上，所以我看不到，那些女生看着他的目光。

伊秋来找我的那天，我不明白她为什么会知道乔言的事情，直到后来我才明白，不仅是伊秋，这座学校很多女生都知道我和乔言的事情。

因为有一天，校花找到乔言，向乔言告白。

乔言对她说了"谢谢"，然后告诉她，他已经有喜欢的女生了，那个女生的名字叫伊夏。

于是一时之间，我的名字被很多女生知晓。

大概在她们眼里，我是不识抬举、故作清高的那类女生吧！

我本想安安静静地度过大学四年，可是老天爷故意不让我如愿。

先是一个一定要让我担任班长的顾皎，再来一个非要追着我的乔言。

很多时候我都不明白，乔言到底为什么要追在我身后。论长相，太多女生长得比我好看；论性格，我自己都很不喜欢我现在的样子；论才华，我连一个班长都当不好，更不要说学习以外的其他事务了。

那么，还有什么呢？

他甚至都不了解我，却大言不惭地说出要追求我的话。

一开始我拒绝他靠近是因为他的轻佻，后来我拒绝他，是因为我害怕了。

离得越近，越容易了解一个人。像乔言那样的人，太容易让人把心交出去，和他相处真的太危险了。

我不是害怕他喜欢上我，而是害怕自己会喜欢上他。

伊秋来找过我之后，我的情绪差点儿失控，甚至有那么一小会儿，我说不出话来。这和目睹顾白死亡的时候何其相似。

事到如今，我想要的只是平静地度过这一生，我不能原谅害死顾白的自己，所以任何喜悦、快乐、幸福，对我来说都是不可以触碰的。

我一个人想了很久很久，最终让自己的内心再次坚定起来。

为什么要迷惘呢？

本就不该迷惘的不是吗？

已经决定好了，就不该再为了任何人动摇。

哪怕这半年时间里，我的确被乔言感动过，甚至有那么一瞬间，我觉得我没有自己想象得那样坚定。并不是没有痛苦过，并不是没有挣扎过，可是乔言，对不起，就算是这样，我也还是要推开你，把你推得越远越好。

一开始是为了你好，反正我不可能接受你，何必让你浪费精力。

后来为什么一直拒绝你，我已经看不清原因了。

害怕自己无法阻挡地为你一次一次失控的心跳，害怕自己沉溺在你的关心里，所以只能更加坚决地拒绝。

我想我应该找乔言好好地谈一谈，可是每次看到他打来的电话，我却又不想去接。其实我就是个懦弱的家伙，什么都做不到，信誓旦旦地以为自己有多坚强，以为自己建造的心牢有多稳固，其实根本不堪一击，被他几下就凿出了一个硕大的洞口。

我想了很久，想着到底以什么样的方式去见他比较好，然而在我想出答案之前，他先来找了我。

图书馆里暖气开得很足，我坐在窗户边上，苍白色的日光照进我的眼睛里，以至于我看什么东西都看不真切。

在他走进来的时候，我就知道了，可是我没有勇气抬起头看他一眼。时间在这一刻凝固了，如果可以，就停留在这一刻该多好！

这一刹那，我的心里生出了这样贪心的想法。

不能对任何人说，甚至连我自己都不能承认，我已经有些在意这个人。

他没有走过来，我没有抬起头，这之间不过隔着不足十米的距离。短短的距离，短短的十几步，我没有勇气抬头，他是不是也没有勇气走过来呢？

想到这里，我明明应该松一口气的，可是我的心里莫名地慌了。我抬起头来看了他一眼，其实我看不清楚他的脸，因为日光耀花了我的眼睛，他站在暗处，安静得像一尊雕像。

他一直在看着我，我与他的目光在半途交会，不知是不是错觉，我听到了什么东西"咔嚓"一声碎掉了。

他一步一步朝我走来，像个很久不曾见面的老朋友一样。

那天我们说了很多很多话，我告诉了他我为什么不能和他在一起的原因。我不知道他到底会不会像我说的那样，从此往后，各不相干。

那之后就是期末考试，考完之后，一场大雪带着寒假匆匆来临。

回家那天，姐姐来找我一起回去。虽然我们之间已经变成了那样糟糕的关系，但是为了不让爸妈担心，至少在家人面前，我们还是假装很融洽的。

有时候想想也很想笑，人与人之间的关系，为什么会这么脆弱呢？

我们约好四个人一起回家，我站在校门口，像来时一样，回头看了一眼学校的大门。

仿佛还在昨日，我们四个人拖着行李箱迈进学校的大门，一转眼，一学期已经过去了。时间匆匆忙忙地将一些人甩在更远的回忆里。

顾白，等到新年过去，有你在的那个年月日，就彻底变成回忆了。

不想让你孤单地活在回忆里，我们都长大了，只有你留在那时候，你太狡猾了。

新年的脚步越来越近，过年这天，馨雅约我和陈朗一起去买东西，伊秋坐在沙发上，冷冷地看着我出门。她的眼神中常含着憎恨，在她眼里，我除了害死顾白之外，还是抢走她所有快乐的刽子手。

我们已经水火不容，我也已经不想再解释什么。

外面很冷，我缩了缩脖子，天空飘满铅色的云团，这么冷的天气，大概是要下雪了。天气预报说今天有雪，只是不知道什么时候会下。

到了约定地点的时候，陈朗已经先到了，他穿了一件藏青色的大衣，修长的身形配上他俊朗的五官，只是站在那里，就吸引了很多女生的目光。

"新年快乐啊！"他见了我，冲我微微笑了笑，然后缓缓地朝我走来，"怎么来得这么早？"

"你不是来得更早吗？"我说。

"我也是刚到。"他说着，回头看了一眼，"馨雅这家伙，倒是迟到了。"

正说着话，馨雅气喘吁吁地跑了过来："累死我了，我闹钟出状况了，你们没等很久吧？"

"没有。"我说，"这样跑，出汗了风一吹，很容易感冒的。"

"没事的，走吧，我们随便转转！今年可是2015年的最后一天了，过了今天，又要长一岁了，今天可得好好过才行。"馨雅像是永远都有用不完的活力。

跟在馨雅和陈朗后面往前走，一阵风吹来，额前的发扫到了眼睛，火辣辣地疼，我站在原地，抬手揉了揉眼睛。

馨雅觉察到我没有跟上去，她折回来，关切地问我："怎么了，小夏？"

02

她的脸近在咫尺，因为我的眼睛被水汽迷蒙，所以此刻看着她的脸显得有些模糊，以至于她的眉眼与另一个人的渐渐重合了起来。

有一次我被玫瑰花的刺扎到手，那个人也是这样站在我面前，用关切的眼神看着我，问我："没事吧，小夏？"

心里止不住地难受起来。

过去这么久了，每次和馨雅还有陈朗待在一起，我还是会想起顾白，想起曾经我们五个人在一起的快乐时光。

他们，一个是与顾白眉眼相似的表妹，一个是与顾白生死之交的铁兄弟。是顾白让我们这一群人走到一起，他一直是我们的主心骨。每次相约一起出门，都是顾白拿主意，去哪里玩，去干什么，去吃什么好吃的。

没有了顾白的我们，伊秋也不再加入进来，剩下我们仨，就像一只帆船突然没有了掌舵人，失去了方向。

"小夏？小夏？"馨雅见我半天没有回应，扬起手在我眼前晃了晃。

"哦，我没事，就是被头发扎了一下眼睛。"我连忙从自己的思绪中走出来，回应道，"真的没事，我们走吧！"

我们仨继续往前走去，漫无目的地四下晃荡着。这时，我们路过一家精品店，馨雅看到了之后便两眼放光地跑了进去。

她一向对这样的店毫无招架之力，一个人都能看上半天。我反正对什么都没兴趣，但也只好跟着她走进了店里。

陈朗默默地跟在我身边，在一个人很少的角落里，他忽然问我："你刚刚，是不是想起顾白了？"

我浑身猛地一僵，下意识地想要否认，但我转头看了一下陈朗的眼睛，发现那里面是洞彻了一切的沉默。

我明白，任何谎言在真相面前都是无力并且苍白的。

"陈朗。"我忽然很想问问他，"你有没有怪过我？其实一直都想问你，可是我不敢问，我害怕。"

"怪你什么？"他轻声说，"我不觉得顾白的死是你的错，那不是任何人的错，没有人希望发生那种事情。"

"可是，的确是有我的原因不是吗？"我多么希望他这时候责怪我，甚至是骂我一顿，"如果那天我没有约他在那里会合，是不是就不会发生那种事情了？"

"小夏。"陈朗突然严肃地伸出手搭在我的肩膀上，"没有人能够预知未来，我相信顾白也不会怪你的。"

陈朗这样，我更加难受了。

我要的真的不是安慰，我宁愿他此时此刻狠狠地责备我一顿，那么，我肯定要比现在好受一些。明明就是我做错了事，他们却都不怪我，还一直对我这么好，让我的负疚感毫无出路，只能全部堵在心口。

"他是你最好的朋友不是吗？"我低声说，"如果当年不是我执意要跳级跟你们在一起，是不是现在你们四个人还能像小时候一样，开开心心地在一起打打闹闹？"

"你也是我们最好的朋友啊！"他说，"我们五个人，少了任何一个，都不会像以前一样了。"

我没有再说话，因为我知道他不过是在安慰我。

馨雅转了一圈，手上拿着一堆小玩意儿去结账。看见我和陈朗在一边角落里沉默着，气氛有些奇怪，结完账便走过来问道："你们刚刚在聊什么？"

"没什么。"我摇摇头说，"走吧，还想去哪里？"

"不对，一定有什么。"我以为馨雅会像以前一样，明知道我是敷衍也选择相信我，可是，这一次她没有，她有些坚持地问道，"你们一定是背着我在说什么，到底是什么啊？为什么要搞得这么神秘兮兮的？我们之间还有什么不能说的吗？"

"馨雅。"听她这么说，我一个冲动便问出了口，"你有没有讨厌过我？"

"小夏，你说什么呢？我怎么会讨厌你？"她茫然地看着我，刚想继续说下去，便反应过来我到底在说什么。

她脸色微微变了变，有些别扭地说道："怎么忽然问这种问题啊？"

"并不是忽然想要问，一直想问却不知道该怎么问。"我深吸一口气，冰冷的空气刺入心肺，却让我变得冷静了一些，"其实算起来，我姐姐和你们认识的时间要更久一些，为什么你和姐姐会因为我而翻脸？你们才应该是关系最好的朋友，不是吗？"

馨雅有些惊讶地看着我，她想了想，说道："也对，是时候好好聊聊了。不过，这里不是说这些的地方，我们找个地方坐下来慢慢聊吧！"

我知道，她一定也有话想要对我说，只是和我一样，全都藏在心里而已。

十分钟后，我们就近找了一家奶茶铺，在最角落的位子上坐下来。

手里抱着温热的奶茶，馨雅坐在我对面，陈朗坐在另一侧，没有一个人先开口。

有些话题，一旦被打断了，就很难再被提起，总要有个人先说点儿什么。

"第一次见你们，是我小学五年级的时候。当时正值夏天，你们相约在一家音像店里。"我缓缓地轻声回忆起来，"那时候的我，只知道学习，不知道交朋友为何物。所以，看到你们和姐姐在一起打打闹闹开心的场景后，我就真的非常羡慕你们之间的友情，也很想加入你们，和你们成为好朋友。"

"你做到了。"陈朗接过话头说，"你和我们的确成为了好朋友。"

"是的，我回去之后，就要求爸爸妈妈跟校长提出，让我提前一年参加小升初的考试，这样就能跟你们一起上下学，一起坐在教室里上课，一起周末出来玩。现在想想，假如那时候的我不那么做，现在和你们坐在这家奶茶铺里喝茶聊天的，会不会是我姐姐伊秋？"

明明一开始，他们都是姐姐的朋友，可是，现在，姐姐才是被排除在外的那一个。想到这里，我似乎又更加恨我自己一些了。

"不要说如果，哪里有那么多的如果啊！"陈朗说，"你不要想太多，你并没有从伊秋那里抢走什么，我们之所以现在和你坐在这里一起喝茶聊天，是因为我们和你是朋友。而伊秋，她变得和以前完全不一样了。那样的伊秋，已经没有办法和我们心平气和地待在一起，你明白吗？"

"可是，我也改变了啊！"明明现在的我，变得这样糟糕不是吗？不再是以前那个活泼开朗、成天笑得没心没肺跟在他们身后的小女孩了。

"但你没有变得那样面目可憎。"馨雅抱着奶茶说，"不管你怎么变，你的心其实一直都没有改变过。但是伊秋不一样，她已经彻头彻尾地改变了，变得那么钻牛角尖，那么不可理喻。的确，我认识伊秋要比认识你更早，甚至陈朗、顾白，我们都是先认识了伊秋，然后才认识了你。但是友情的深浅，从来不是时间能够衡量的。不是有一句话叫'白头如新，倾盖如故'吗？我们不是因为你是伊秋的妹妹而接纳你，我们和你成为朋友，只是因为那个人是你。这么说，你理解了吗？"

我怔怔地看着她，心里被感动溢满。

"说实话，顾白出事之后，我也想过，如果小夏你那天没有和他约在那个站台见面就好了。"馨雅沉默了一下，继续往下说，"可是陈朗告诉我，你比我们任何人都要难过。因为只有你目睹了事件发生的整个过程，看着顾白倒在血泊里而无能为力。明明最痛苦的那个人是你啊，可是后来伊秋跟疯了一样，你一从医院里醒过来就找你闹，还处处针对你，训斥你，将全部的错都归咎到你的身上。我只是看不惯她以顾白的名义来责怪你，没有人可以责怪你的。因为我知道，顾白一定不会怪你的。"

"如果连顾白都不怪你，我们就更加没有资格责怪你。"馨雅微微笑了起来，"所以小夏，不要想太多，不管发生什么，我和陈朗都是你的好朋友。"

"谢谢。"除了这两个字，我不知道我应该对她说些什么。

在顾白刚刚去世的时候，全世界都在责怪我的时候，只有馨雅和陈朗，只有他们站在我的身边，和我一起抵挡那些责难声。

而从小到大，一直保护我、照顾我的姐姐，却手持利刃，成为了最大的讨伐者。

多么可笑，多么让人啼笑皆非！

03

和馨雅还有陈朗在站台边上分开，时间的指针已经指到了下午三点钟。

天空已经开始飘起雪花来，我等到了回家的公交车，公交车上没什么人。这个时候，基本所有人都回家了，因为再过几个小时，就到新年了。街道一下子变得空旷，整个城市显得那么宁静。

雪花静静地落下来，铅色的云团里，苍白色的天光笼罩大地，这辆车会路过顾白出事的路口。

时光仿佛顺着这辆车，一点点地往回开。

那时候是炎夏，知了鸣叫，火辣辣的太阳炙烤大地，我站在站台边上等着顾白来与我会合，一切都充满希望。

那天的我，心情是那样雀跃。出门前，我甚至特地穿了一条很仙女气质的白色的连衣裙，原本扎成马尾的头发也披了下来，戴着顾白送我的那只水晶发卡。

我原本都打算好了，就在那一天，就在顾白从马路对面走到我面前的时候，我要告诉他我喜欢他这件事情。

没错，我原本打算在那天对顾白告白的。

可是，什么都没能说出口，并且也永远说不出口，这份喜欢变成了一根刺，卡在我的心脏，时不时地刺痛我，我却没有办法将它取出来。

　　近了，我已经看到了路口的红绿灯，心口堵得厉害，眼睛涨得发疼。

　　顾白，倘若时间能够倒回到半年前，回到我们约定好的那一天，该有多好啊！

　　最终，我还是没能坚持坐到站。我在中途下了车，蹲在路边干呕了很久，胃像是被人用力拧着，难受得厉害。

　　擦掉眼泪，深呼一口气，我踩着开始大起来的雪花一步一步地朝着家的方向走。

　　天空变得暗了下来，从这里到我家其实并不远，只是我走得很慢很慢。雪在地上慢慢地堆积，若是这么下一整晚，那明天起来，应该可以看到一个银装素裹的世界。

　　路灯一盏一盏地亮起来，已经能够隐隐约约地听到爆竹的声音。马上就是一年团圆的时间了，所有人都回家了，可是顾白没有办法回去了。

　　想到只有我们能够长大，能够活成自己向往的模样，就会觉得自己罪孽深重。就算全世界的人都原谅了我，可是我也没有办法原谅自己。

　　走着走着，天空已经开始黑了，路灯的光就显得尤其亮，暖黄的灯光在地上留下一个圆形的光圈，雪花透过灯光落下来，落花一样好看。

　　我踩着路灯的光往前走，抬起头的时候，却看到不远处的一个路灯下面站着一个人。

　　那个人穿着黑色的羽绒衣，脖子上系着一根红色的围巾，他靠在路灯上，微微低着头，长长的头发挡住了眼睛，但就算这样我还是看出了他是谁。

　　我停下了脚步，心中很困惑，他怎么会在这里的？

这时候，他缓缓地抬起头来，路灯的光落进他的眼睛里，亮得不可思议。他的脸上挂着只有他才有的那种笑容，他冲我挥了挥手，然后一步一步地朝我走来。

他在离我一米远的地方停下脚步，这样近的距离，让我有种想逃跑的冲动。

"新年快乐。"他和我说了第一句话。

我眼圈顿时就红了，为什么这个人总是在我想起顾白，难受到极点的时候出现在我面前？迎新晚会那天是这样，和伊秋吵完架之后是这样，现在又是这样。

他难道在我的心上装了监控器吗？

"见到我，就这么不开心吗？"他放轻了声音，用一种开玩笑的语气说道，"我只是想亲口跟你说声新年快乐。"

"不是你的问题。"我不能这么自私地让别人为了我而难过，"你来跟我说声新年快乐，我很开心。"

他愣了一下，眸光微微颤了颤："又想起他了吗？"

我低下头看着自己的脚尖，他伸手揉了揉我的发，朝我走近一步，然后在我难过的时候，用力抱住了我。

我想要推开他，他好听的声音却从耳边传来："暂时让我抱着你吧，别在这个时候推开我。"

我的手停在半空，好久好久，我的手才轻轻落了下去。

他不说话，一动不动地只是这么静静地抱着我。他的心跳很沉稳，给人一种安心的力量，雪花从他身侧滑落，落在脚边，悄无声息地融化。

"谢谢你。"我轻声说道。

"以后想他的时候，就抱着我吧。"他终于松开了我，微笑着看着我，眸光像一潭清水一样。

"我知道你想说什么。"不等我开口他又说，"你总是有办法理直气壮地拒绝我的好意。虽然说喜欢你只是我自己的事情，在付出之前就要做好被拒绝的准备，但是我果然还是没有那么坚强，可以被拒绝了还能笑得出来。"

"伊夏，不要总是拒绝我，偶尔也给我一点儿希望好不好？"他的声音轻轻的，像是害怕惊了飞舞的雪花。

"你在这里等了我多久？"我没有回答他的问题，在听了他的那些话之后，我要怎样再将拒绝说出口？

他轻轻扫了扫我发上的雪，淡淡地说道："没有多久，才一小会儿，你就来了。"

我看着他发上和羽绒衣帽子上堆积的一层雪，眼睛有些模糊，这个人啊，怎么可以体贴温柔成这个样子？

他难道不知道，他这样我会动心吗？

他难道不知道，我需要多么努力才能压抑住自己的心动吗？

"骗子。"我咬了咬唇说，"乔言，你是个大骗子。"

"是啊，我是个骗子。"他微笑着点点头，"但谁能保证自己就不是骗子呢？"

我偏开头去，不让他看见我的眼睛，我害怕我无意间透露出自己的心情。明明已经决定好将他拒绝在心门之外，那么就不应该给他不该有的希望。心像是装满了未成熟的青梅，稍一挤压，青涩的滋味便盈满整颗心脏。

我是个骗子，骗自己不曾对眼前这个人动心，骗自己在看到他的一瞬间没有红眼眶，骗自己不需要他。我明明是想骗骗他而已，到最后却只骗到了我自己。

"你怎么找来这里的？"大过年的，他应该在家里和家人待在一起，而不是在大街上，在那盏孤零零的路灯下，顶着雪花等着从这条路上路过的我。

他站了多久，才能让他站立的地方留出一片空地？

他站了多久，才让积雪落满了头？

"有心的话，想知道你的地址还是很容易的吧？"他笑着说，"其实我也住在这座城市，我家离这里并不远。"

"骗人！"我下意识地否定他的话，哪有这样巧的事情，倘若我们离得这样近，为什么我从未在这座城市遇见过他？

"没有骗你。"他稍稍弯下腰，视线与我平视，他的眼底漆黑一片，路灯的光照进去，像是照在一潭幽深的古井里，"这次没有骗你，我真的住在这里。只不过我们不是一个高中。我们那边属于另一个区域，所以从小到大，我们念的学校不一样，没有办法遇到，也很正常吧？"

这时候，耳边传来一阵"嘶嘶"的响声，跟着一声声爆裂的声音在头顶传来，宝蓝色的天空在一瞬间被耀亮，硕大的烟花爆裂开来。

我和他同时抬起头去看，那颗烟花才只是开始，跟在那颗烟花后面的，是漫天的烟花亮起，时间已经是下午六点，很多人家这个时候，已经全家团圆了。

而此时此刻，我和乔言站在路灯下，顶着簌簌而落的雪花，看着漫天闪耀的烟花。

他的手，轻轻地握住了我的手，一定是烟花太美丽，所以只注意看着烟花的我，忘记了要挥开他的手。

04

到家的时候，爸妈已经准备好了一桌子的菜。

姐姐换了一身新衣服，正帮妈妈做事，见我回来，似笑非笑地看了我一眼，然后就偏过头去不再看我。

一顿团圆饭吃得我有些心不在焉，伊秋刚刚的那个笑是什么意思？

压下心中的困惑，我陪着妈妈洗完了碗，然后全家人一起坐在客厅里看春节联欢晚会。

看了一半，姐姐说了一声困了就回了自己房间，我坐在客厅哪里都没有去。

后来爸妈也顶不住了，于是就剩下我一个人坐在那里。

我关掉了灯，电视屏幕的亮光是唯一的光源。

其实我根本没有看电视里的内容，我的思绪有些乱。从回家到现在，我一直在想乔言的事情。

越是想要拒绝他的靠近，越是没有办法将他的事情抛诸脑后。

要怎么做，才能让一切回到最初的模样呢？

"下午玩得开心吗？"伊秋的声音从楼梯口传来，我吓了一跳，回头看了一眼。

她还穿着之前的衣服，并没有脱掉的痕迹，之前她说困了，应该只是个借口。她缓缓地走到我面前，然后在我身边的沙发上坐下，我一时间不知道她想做什么。

"你想说什么？"我并不认为她有心情和我聊家常。

"没什么，只是想知道你有没有遵守约定而已。"她凉凉地说道。

我顿时一阵心烦气躁，还没有想好要怎么面对乔言，姐姐又来提醒我这件事了。

"为什么你这么希望我遵守约定？"我问她，"我并没有对你承诺过什么，为什么你要这么紧张？"

"因为我不允许你背叛顾白。"她理所当然地说道，"你不是喜欢他吗？那就喜欢一辈子啊！"

"我喜欢谁是我的自由吧。"我说，"我自己犯的错，我会好好承担，你不需要这样冷嘲热讽地来提醒我。有时候我都怀疑，姐，我到底是不是你的亲妹妹？明明我们曾经那么快乐不是吗？"

"谁让事情变成这样的呢？"她看着我，眼神里有一丝憎恨，"你看，你把我的朋友都抢走了，我变成了孤家寡人，应该问那句话的人是我不是吗？为什么反而是你，这么理直气壮地来质问我？"

"我没有抢走你的朋友！"我反驳道，"陈朗和馨雅，他们一直都是你的朋友，是你自己让他们失望了而已。"

"是吗？"伊秋忽然诡异地看着我，"你真的觉得他们将你当成朋友了吗？"

"你什么意思？"我愣住了，"他们如果不把我当朋友，为什么要和我待在一起？"

"朋友才不是那么天真的关系。"她冷笑道，"伊夏，总有一天你会为你的天真感到后悔的。这世上哪里有什么朋友，你看看我就知道了啊！我认识他们比你早，可是他们照样背叛了我，他们都选择站在你这个刽子手的身后。你害死了顾白，那是馨雅引以为豪的表哥，是陈朗从小一起长到大的好兄弟，你以为他们真的不怪你吗？"

"他们不会的！"

如果今天没有和他们约会，没有问过那样的问题，那么大概我现在会犹豫吧，可是现在的我，想要相信朋友，相信在危难时候，一直守在我身边的朋友。

"那是他们在骗你，没有人会忘记仇恨的，人类才不是那么大方的生物。"她说完，站起来，从我身边走开了。

留下我一个人坐在客厅的沙发上，电视机里传来"友谊地久天长"的歌声，每年春晚结束的时候，这首歌都会响起。

伊秋说，没有人会忘记仇恨的。馨雅说，她也曾怪过我的。那么现在呢，她是否还在怪我？她和我说的那些话，甚至是陈朗对我说的，到底有几分真的呢？

我心烦意乱地关掉了电视，如果伊秋来找我说话的目的是为了让我动摇，那么不得不说她成功了，因为我的确开始胡思乱想了。

没有电视和灯光，客厅里一片漆黑。

我走到大门口，轻轻推开大门，风就卷着雪花扑面而来，冰冷的雪花触碰到我的脸就融化了，凉丝丝的温度一下子让我焦躁的情绪冷却下来。

　　我为什么要怀疑馨雅和陈朗呢？

　　他们是我最好的朋友，在伊秋大声指责我、伤害我的时候，是他们站在我面前保护我的啊！

　　我为什么要怀疑他们？

　　为什么要动摇呢？

　　关上门，回到自己的房间，我脱掉外衣躺在床上。下雪的夜晚，即使不开灯，雪光也会让黑夜变得温柔一些。

　　跨年的钟声响起来，馨雅和陈朗都发来了短信，这时候有个人给我打了个电话，我有些意外，顾皎怎么会打我电话呢？

　　我迟疑了一下，还是接了起来，电话那头是"噼里啪啦"的爆竹声，他的声音就这么从喧闹的背景音里传出来："伊夏同学，新年快乐啊！"

　　"新年快乐。"我有些困惑，难道他给我打电话，就是跟我说声新年快乐的吗？

　　"就这样，挂了。"他直接挂掉了电话，我盯着手机发愣，这个人还真是……

　　刚刚挂掉了顾皎的电话，乔言的电话就打了进来。

　　我犹豫着不知道要不要接，因为我现在不知道用什么样的态度来面对他。

　　在我犹豫的时候，铃声已经停掉了。

　　我松了一口气的时候，心里隐隐有些失落。

　　不到两分钟，电话又响了起来，还是乔言打来的。

　　我按了接听键，凑近耳边。

乔言的声音带着一丝笑意，透过听筒都能感觉到他愉悦的心情："现在说新年快乐，是不是才最恰当？我是第一个给你打电话的人吗？"

"不是。"我说，"刚刚大学辅导员有打来。"

回答之后我愣住了，我为什么要跟他说这些？

"哈哈，我还以为自己一定是第一个呢。"他笑着说，"伊夏，过几天，我们这边有一个动漫展，我们一起去吧。"

"可是我可能没空。"刚刚已经犯了个错误，我不会再犯一次了。

"我还没说具体是哪天呢，你别忙着拒绝我啊！到时候再联系，早点儿睡觉，晚安。"

他这么说，我就没有话回答了，只好说了一声"晚安"，然后挂了电话。

挂了电话后，我发现自己大大地松了一口气，这才意识到刚刚和乔言通电话的时候，我的神经都紧绷着。

我在紧张什么呢？

又不是第一次接到他的电话。

我躺在床上，盯着黑暗处发呆。

总觉得有些东西，已经脱离了我的掌控，就像是一辆脱轨的火车一样，朝着不知道是好还是坏的方向前行，不知道将带着我驶向何方。

05

第二天一大早推开窗户，雪还没有停。

下了一夜的雪，到处都是白茫茫的，很多小孩穿着厚厚的冬衣，在雪地里打雪仗，全家人一起玩得不亦乐乎。

脑海中浮现出小时候一家人在雪地里坑闹的场景，如今回想起来，那似乎是上辈子的事情一样。

很多东西，一旦逝去，就再也找不回来了，无论你有多努力地想把它们找回来。

并不是努力就一定能够做成一件事情的，这是在我尝试着忘记一些事情，却根本做不到的时候得出的结论。

大年初一，妈妈带着全家人一起去附近的寺庙烧香。

每年的正月初一，我们家都会全家人一起过去烧香。

不过这一次姐姐没有来，妈妈喊了她好久，她说晚上睡得晚，起不来床，所以最后是爸妈带着我一起去上香的。

烧香回来，姐姐却不在家，只留了一张字条说是中午不回来吃饭。

今天正月初一，她会去哪里呢？

她的朋友我全部都认识，原本她就只有馨雅他们几个处得好的，不过现在这样，显然是不可能去找馨雅或者陈朗的。

我心中微微一动，难道她去那个地方了吗？

"妈妈，我出去一下。"我随便抓了一件衣服套在身上，然后穿好鞋走了出去。

雪花小了一些，我戴着帽子没有打伞。

姐姐会去的地方，会是那里吗？

那是位于这座城市另一侧的一处墓园，没错，顾白沉睡的地方就在那里。

　　我上了一辆公交车，朝着那边赶过去，大年初一，没有什么人会去墓地，所以这辆公交车上竟然只有我一个人。

　　半个小时后，我抵达了墓地的大门外。

　　这里冷冷清清的，大门紧锁着，不像有人在的样子。

　　这么说，伊秋没有来这里吗？

　　我转身正打算走，身后的铁门忽然传来一阵响声，我转身看了一眼，这才发现伊秋手抓着栅栏，正在往上爬，看样子是想要翻铁门跳出来。

　　我有些发愣，她果然还是来这里了吗？

　　大年初一，新年开始的第一天，哪怕这里的守墓人不在，她爬也要爬进去见一见顾白吗？

　　她一定很喜欢顾白吧，所以才会那么恨我。

　　姐姐和妹妹喜欢着同一个人，所以注定没有办法互相守护。

　　她抬起头的时候，正好看到我站在这里。

　　她愣了一下，手下一滑，原本已经快爬到上面跳出来了，现在笔直摔了进去，溅起的雪砸中了我的脸，有点儿疼。

　　我下意识地想去扶她一把，她却大喝了一声："别过来！"

　　我僵在原地，没有往前走的勇气。

　　伊秋自己站起来，这一次她没有看我，一气呵成地爬到铁门上面，张开双臂，像一只鸟儿一样，跳了下来。

　　地上积了厚厚一层雪，所以摔下去应该不怎么疼。

　　她站起来拍了拍身上的雪，气势汹汹地走到我面前，一把揪住我的衣领吼道："伊夏，你有完没完？怎么总是阴魂不散呢？不要总是跟着我，我的东西已经全部被你抢走了，已经没有什么可以让给你的了！"

"不是这样的。"我想要解释一下，然而她根本不想听我说。

"我不管你是怎么样想的，我也不管你什么时候到这里来的，但是至少今天，我不许你进去见他。"她说到这里，声音已经带了一丝颤音。

我错愕地看着她的脸，她的眼圈已经红了，眼睛里聚集了太多的水汽。她忽然靠近我，将头抵在我的肩膀上，恶狠狠地警告我："听到没有？别去见他！"

心里猛地一痛，鼻子酸酸的，我连忙仰起头，不让眼泪滚出来。

"我不去见。"我点点头，答应道，"至少今天，我不会进去见他的，你放心。"

她像是一下子放了心，揪着我衣领的手缓缓地松开了，往后退了一步，声音闷闷地说："回去了。"

我没有说话，只是静静地跟在她的身后。

看着她现在这个样子，我的心里再次涌上一阵浓浓的罪恶感。

她说：我的东西都被你抢走了，已经没有什么可以让给你的了。

她说：至少今天，我不许你进去见他。

原来一直以来，姐姐都在隐忍着吗？

在她的眼里，我是抢走她一切的罪魁祸首吗？

我的出生，抢走了爸妈的关爱，他们把原本应该都给她的关爱，分给了我一半。后来我的成绩总是很好，姐姐一直都是中等。

那时候，爸妈总是夸奖我的时候，姐姐有没有讨厌过我呢？没有吧，因为那个时候，我是她的骄傲啊！

这是她亲口对我说的。

她说："小夏，你真厉害，你是姐姐的骄傲哦！"

那才是姐姐啊，总是宠我，总是把好的让给我，明明只比我大一岁而已，遇到危险的事情时，总是会挡在我的面前的好姐姐。

记得小时候，小区里有一户人家养了一只大狗，我害怕极了，姐姐拉着我的手挡在我前面，说："小夏，你别怕，有姐姐在，姐姐会保护你的！"

明明那时候她自己吓得浑身都在发抖，她抓着我手的手心里，已经满是汗珠。

是从什么时候开始呢？

从什么时候开始，我在她的心里不再是被保护的妹妹，而是总抢走属于她的东西的讨厌鬼？

是从小学五年级开始的吗？

那天她骑着自行车载我去图书馆，路过音像店时，我发现了她最重要的珍宝。

那时候伊秋、苏馨雅、顾白，还有陈朗，他们才是相处融洽的小伙伴。

是不是在我决定跳级和她念同级的时候，我和姐姐之间就已经出现问题了呢？

从妹妹变成了一个竞争者，却偏偏无论是学习还是交朋友，她都在我面前一败涂地。

我看着她的背影，小时候温暖的后背，如今却这样冷冰冰，她在前面走，始终不肯回头来看我。

我一直在胡思乱想，没有注意到地上裸露在外面的一截树根。

　　我被绊倒在地。姐姐的脚步顿了顿，她回头看了我一眼，然后一言不发地继续往前走。

　　多想她来扶我一下，多想像小时候那样，牵着姐姐的手一直走啊走。

　　眼睛变得很模糊，我坐在雪地里忘记要站起来，只是眼睁睁地看着姐姐一步一步走远，最后拐了一个弯消失不见了。

　　眼泪再也忍不住，就这么肆意地落了下来。我像个没有长大的孩子一样，双手抱着膝盖，坐在墓园外面的大树下，号啕大哭起来。

第六章
CHAPTER 06

Waiting
For The Summer Snows 【乔言·芒种】

你送我一只纸飞机，在雨天丢出去，可以飞回你手里。

你喜欢到处流浪，将心藏在世界上各种各样奇怪的地方，我跟在你身后寻了很多年。

冬雪下了一年又一年，那只纸飞机，埋在哪个角落，清唱童年。

原来，你只是给了我一个不见不散的谎言。

01

过年的那场雪，从大年三十下到正月初三。这样大的雪，这座城市已经有很多年都不曾见过了。

一直到正月初十，积雪才全部融化干净。

料峭的寒风，一点点地带走严冬的寒冷，再过一个月，就该是春回大地的时节了。

我关掉了电脑的网页，拎起晾在椅背上的大衣穿上。走出家门，一阵风吹来，原本还有些犯困的我，顿时精神起来。

昨天晚上和伊夏说好了，一会儿在站台会合，然后一起去看动漫展。她一开始没有答应和我一起去，是我说要告诉她一件有关于她的事情，她才答应过来。

抵达约好的站台后，我看时间离约好的还有一会儿，便翻出手机，准备玩一会儿游戏，哪知道一点开，就看到了顾皎给我发来的短信。

他就给我发了个数字"9"。

这几天他几乎每天都要发一条这样的信息给我，他在帮我倒计时，距离开学还有多少天。

而我和他说好，要说服伊夏继续担任班长。

总觉得顾皎这个人，并不像一个老师，认真算起来，倒不如说像个奇怪的朋友。我一直都搞不懂，他为什么会对伊夏这么上心。我甚至猜想过，他是不是像我一样喜欢伊夏，不过那样的人，如果有喜欢的人，一定不会让我有机会接近伊夏的。

那是一只狡猾的狐狸，吃人不吐骨头。

站着等了一会儿，时间应该差不多了，我抬起头四处看了看，正好看到伊夏从对面公交车上走下来。我抓着手机朝她走去，她往前走了几步，看到了我。

我冲她挥了挥手，她的脸色却在一刹那变得苍白。

她飞快地朝我跑来，尖声喊道："不要站在那里！"

我回头看了一眼，只见一辆很大的卡车停在停车线的后面。

我说："没事的，现在人行横道是绿灯，车行道是红灯，那辆车不会开过来的。"

她却像是听不到我的话，匆匆忙忙跑到我的身边，然后一把抓住了我的手，带我离开那个位置。她抓得很用力，并且我能感觉到她的手在瑟瑟发抖。

她拉着我往边上跑去，很多人用奇怪的目光看着我们，我的注意力却在她抓着我手的那只手上。

她在害怕吗？

是否在她看来，我朝她走过去的样子，和顾白出事那天的情景重叠了起来？她以为那辆停在那里等红灯的大卡车会疾驰过来，我会像顾白那样，死在一场突然而至的车祸里吗？

是不是在她的心里，我也并非是毫不相干的路人甲？对她来说，我也是有那么一点点重要的？

所以此刻的她，才会这样紧张地拽着我穿过喧嚣的人潮，来到她认为足够安全的地带？

我反手抓住她的手，停住脚步，用力地将她拉了回来。她因为我的拉扯朝我扑来，我伸出另一只手按住了她的后背。

分不清是她的心跳还是我的，她浑身都在瑟瑟发抖。不知是不是吓坏了，她忘记了要推开我，明明每次我靠近她，她都会像水中的鱼一样，迅速地游得远远的。

过了好一会儿，感觉到她不再那么颤抖了，我才轻声问她："好些了吗？"

她猛地推开我，表情有些尴尬，显然是回过神来了，连声道歉："对不起，刚刚我……"

"我知道，你不用跟我解释什么的。"我打断她的话，她的手仍然被我握在手中，她想抽离，我用力地抓住了，我说，"走吧，再站下去，该引来很多人围观了。"

她的脸一下子就通红了，这是我第一次从她脸上看到这样的表情。

抓着她的手，带着她穿过涌动的人潮，因为动漫展的缘故，这座城市这条街变得尤其拥堵，很多女生像是不怕冷似的，穿着超短裙黑丝袜。

我回头看了一眼，不禁有些莞尔。

她穿着一件厚厚的羽绒衣，脖子上扎着一根橙色的围巾，一头短发什么修饰物都没有，素着一张脸。周遭那么多好看的姑娘，可是在我的眼里，却只有她才能吸引我的目光。

大概这就是喜欢一个人的感觉吧！喜欢的那个人在自己的眼里是那么无可替代，哪怕周遭都是天仙美人，也没有什么值得留恋驻足。

我将她的手握着揣进我大大的口袋里，一路走过去，也有人朝我们看过来。我始终保持着微笑，我就是想告诉所有人，被我牵在手里的这个女孩，她就是我喜欢，并且想要好好守护的人。

"你说，有一件关于我的事情想告诉我，到底是什么呢？"到了动漫展门口的时候，她停下脚步，不肯再往里面走了。

我冲她露出一个灿烂的笑容，说道："陪我逛完动漫展吧，逛完了我就告诉你。"

"喂！"她露出一个恼怒的表情，这样的表情，我也是第一次从她的脸上看到。

尽管是生气的表情，可是我的心情还是变得非常好。

至少她愿意在我面前表现出她的喜怒哀乐，而不是一张冷冰冰的拒人于千里之外的脸，不是吗？

或许她自己都没有意识到，她拒绝我的态度，早就没有那么坚决了。

展览馆里很暖和，里面很多小摊位上，有人在出售各种各样的绘本、小说，甚至是一些装扮动漫人物的道具。动漫里的人物被真实人物演绎着，有些演绎得很好，有些惨不忍睹。

其实会带她来这里，是因为我听说她很喜欢看动漫，带她来这里，她应该会很开心吧。

告诉我她喜欢动漫的，是顾皎。

我不知道他是从哪里知道的，不过看样子他并没有什么恶意。

果然，逛着逛着，她似乎变得高兴起来了，脸上挂着一丝浅浅的笑意。

"伊夏。"我喊了她一声。

"嗯？"她侧过头来看着我，眼中带着一丝困惑，不知道我喊她做什么。

"你有没有想过找回以前的快乐？"我问她，"找回曾经的自己，想不想？"

她脸上的笑容一僵，眼神迅速暗下去，我知道说出这样的话，一定会让她介意，甚至有可能这些天我们之间缩短的距离会重新拉开。

但是我想她重新快乐起来。

因为，她之前就是那么快乐无敌的女孩啊！

忧伤不应该属于她。

"回到曾经那个笑起来有夏天气息的伊夏，好不好？"我看着她的眼睛，坚定地、一字一句地问道。

02

"不好，一点儿都不好。"她淡淡地回答了我一声，然后转身就朝外走，之前脸上好不容易因为各种动漫人物而露出的清浅笑容早就消失殆尽。

我不说话，只是紧紧地跟在她的身后。

一直到走出动漫展的展厅，她的脚步仍然没有变慢。她的后背藏满了忧悒和绝望，她把自己牢牢地关在自己设置的心牢里面，要将她从里面拉出来，一定需要花很大的力气。

我伸手抓住她的手腕，拉住她。

她挣扎了一下挣脱不开，冷冷地说道："放开！"

我静静地看着她，没有松手。我不会松开握紧的手，因为我知道一旦我松开，她一定会像过去无数次一样，迫不及待地逃跑。

"我说放开！"她抬高声音说，"乔言，你凭什么抓着我不让我走！"

"不凭什么。"我微笑着说，"但是伊夏，就算在你心里，我只是个路人甲，我今天也一定不会松开这只手的。"

她眼中满是愤怒，忽然低下头，对着我的手就咬了下去。她咬得很用力，很疼，但我紧握着的手，就是不肯松开。总觉得现在松开了，我所做的一切，全都会化为虚无。

过了好久好久，她终于松开了嘴巴，我的手背上留下了一道清晰的牙印，血沁了出来。她是用了全身力气来咬的这一口吧！

她偏过头吐了一口口水，像只小狮子一样，瞪着一双圆溜溜的眼睛看着我，眼睛里满是怒气，像是随时都能朝我扑来，将我打个落花流水。

是的，就是这样，再多露出一些我不曾见过的表情吧！

哪怕是这样恼羞成怒的，我也会觉得，你紧闭的心门，终于被我一点点地掰开了。我只是想要拥抱一下，被你关在心门里的那个笑起来像夏天一样的小女孩。

"不解气的话，这只手也给你咬。"我笑着将另一只手递过去，"你开心就好。"

"你，你……"她看着我，怒气冲冲地瞪了半天，"你这人怎么这样！"

"是啊，脾气再好的人，也会有脾气，就像是老虎不发威，但它还是只老虎。"我慢悠悠地说，"你现在知道，你招惹到了一个什么样的人了吧？"

"我没招惹你。"她气呼呼地说道，"从一开始就没有。"

"不。"我轻轻地摇头笑道，"你招惹到我了。"

那个惊鸿一般绚烂的笑容，在我还不知道你叫伊夏，还不知道你有一个喜欢的人叫顾白，甚至那个笑容是因为见到顾白才露出来的时候，你就已经招惹到我了。

"不要试图改变我。"她说，"我不想改变，也没有人能改变我。"

"拒绝快乐的人生，会很无趣的。"只有找回曾经的伊夏，我才能真正地走到她身边。现在的伊夏，浑身都插满了刺，一旦有人靠近，就用锋利的刺将人赶走。

没有人能近到她的身边，就算是她的好朋友馨雅，还有满足于待在她身边就足够的陈朗。

他们其实和我一样，都不曾走到她的身边。

"那是我的事情，与你无关。我以为我已经说得够明白了，为什么你总是要无视我的话？"她有些无奈地看着我，像是在看一道难解的习题，"你到底有没有认真地听我说？"

我点点头，同样认真地说道："有啊，当然有，我很认真地在听。但是我听了，不等于我接受。伊夏，躲在乌龟壳里生活，那不是爱你的人愿意看到的。"

"爱我的人？"她嗤笑一声，"没有人爱我的，爱我的人，都变成恨我的人了。"

"因为一个顾白？"我不认同她的话。

她点头，没有否认："对，就是因为一个顾白。"

"如果顾白还活着，你们现在会是什么样子的？"心中有点儿小小的嫉妒，顾白，顾白，顾白，又是顾白。

他明明已经不在这个世界上了，可是他的影响力大得让人害怕。

她愣了一下，显然并没有想过这样的可能性。

她说："这个世界上不存在如果。"

她是铁了心地要一条道走到黑了。

"做个交易吧，伊夏。"就在这一瞬间，我有了一个决定。

"什么？"她不解地看着我。

"我记得你是你们班级的班长吧？"我笑着说道。

她眉心微微皱了起来，不过还是点了点头："是，不过下学期就不是了。因为上个学期，身为班长的我，什么事也没干，都是其他班委做的。"

"如果你继续担任班长的话，我就会自动离你远一点儿。"我笃定地说道。

她的眼睛一下子瞪得老大，眼睛里是不信任的眼神。

"我说到做到，你担任多长时间的班长，我就多长时间不去打扰你。"我强调道，"这不是你一直想要的结果吗？我离你远一点儿，让你安静地赎罪。你要擅自将一些东西背负在自己瘦小的肩膀上，要把自己的心门紧紧地关起来，都和我再也没有任何关系。"

她长久地看着我，像是在确认我说的话到底是真还是假。

当然是假的，但是我必须让她觉得我在说真话。

"我要怎么相信你？"她问。

我耸耸肩，反问道："你说呢？"

她陷入了思考之中。

我笑着说："该不会是你舍不得我放弃你，所以不想担任班长吧？"

"成交！"她低喝道，"乔言，你简直太讨厌！"

她说完，转身就跑开了。我没有追上去，因为现在的我有更重要的事情要做。追上去就算时时刻刻都待在她身边也毫无意义。

我必须找到打开她心门的钥匙，只有找到钥匙，我才能将她拉到阳光下来。

伊夏，你等着我，再等一等，我不会让你活在痛苦之中一辈子那么久的。因为顾白的离开而带走的那些快乐，我会亲手替你找回来。

等着我！

你一定要等着我！

我低头看着自己被咬伤的手背，从口袋里掏出一张纸巾，轻轻地擦了擦，嘴角忍不住露出一个淡淡的笑来。算起来，今天看到了她很多可爱的表情呢！

我将纸巾丢进垃圾桶里，然后转过身，往前走去，这才注意到周围有很多女孩子正在看着我。我目光扫过去的时候，她们都飞快地移开视线。

我收敛起脸上的微笑，将手插进大衣口袋里。我想我大概需要去找一个人，找一个一定会告诉我有关顾白事情的人。

这个人不能是伊夏，不能是伊秋，在馨雅和陈朗之间，一定要选一个的话，或许选择陈朗是个不错的主意。

03

回到家，我先给顾皎发了一个短信，告诉他我已经说服伊夏继续担任班长这个职务了。

发完短信，我忽然意识到一件事情。

顾皎一定要让伊夏当班长的原因，会不会是想要让她多接触接触同学？因为是班长，所以有些事情是必须去做的，这样时间长了，至少她不会变成一个只看到自己的奇怪的家伙。

会是这样吗？

顾皎想做的事情，和我想做的，其实是同一件事情。

可是为什么他要这样做呢？我还没有看到哪一个辅导员能够为了班上的学生做到这个地步的，而且他似乎知道很多事情，他到底隐藏了什么呢？

不过眼下我没有心思去管顾皎的事情，我现在对顾白的兴趣比较大。

因为我想看一看，到底是一个什么样的男生，可以让原本非常友爱的姐妹变成这样？到底是一个什么样的男生，可以让伊夏这么不可救药地喜欢上？

我从不觉得我比任何人差，就算是顾白也一样。

距离开学就只剩下几天了，不过在开学之前，上元节先一步来了。正月十五元宵节，在古代这个节日相当于现在的情人节，很多少男少女走上街头，花灯挂上一整条街，那该是多么美丽的景象。

在家里百无聊赖，我决定出去走走。走到一个卖面具的小摊上，我买了一只狐狸面具扣在脸上。花灯很好看，街上的人很多，我在人群里穿梭行走，走去的方向，却是去往伊夏家的那个方向。

好吧，我承认，我是出来碰碰运气的，看能不能遇到伊夏。

只是找了很久，都没有看到她的影子，也不知道她是没有出来，还是已经玩过回家了。

"咦？"正在这时，我听到了一个有点儿熟悉的声音。

我顺着声音的方向看过去，映入眼帘的，是一双圆溜溜的大眼睛。那是个身形小巧的女生，她脸上也扣着一枚面具，尽管面具挡住了她大半个脸，我还是认出了她来。

"苏馨雅。"我缓缓地揭下面具，她站在一个花灯摊位的另一边，我站在这一边，我们之间隔着一排花灯，"好巧啊！"

"这句话应该我来说才对。"不知是不是花灯的缘故，她的眼睛亮亮的，她从花灯后面绕过来走到我面前，她说，"元宵节逛花灯，这是女孩子才喜欢的吧，你一个男孩子，怎么也喜欢？"

"没有人规定，一定要女孩子才能逛花灯吧？"我笑着，下意识地看了一下四周，一般苏馨雅在的地方，伊夏也会在，"你一个人来的吗？"

"别看了。"她说，"伊夏不在这里。"

我本来也没有指望真的找到伊夏，听她这么说，我心中微微一动，说道："既然遇到了，不如我请你喝杯东西吧。"

"你一定没安好心。"她飞快地说道，"说吧，你打的什么主意？"

"要追你的好朋友，肯定要把你贿赂好对不对？万一你心情好，善心大发帮我一把，我就省很多事情了。"虽然我原本打算等开学之后去找陈朗，从他那里问一问顾白的事情，不过既然遇到了苏馨雅，那就试着问一问她也好。

"嗯，你说得有点儿道理。"她说着，指着路边一家咖啡店说，"就这家吧。"

"好。"我点点头，跟着她走了进去。

坐下点了两杯饮料，再点了几个小点心，等到这些都端上来了，苏馨雅端起咖啡杯，抬头看了我一眼，她说："你为什么不问我，伊夏去哪里了？"

"你不是说了吗？伊夏不在这里。"我提醒她，"所以不需要问这个问题。"

"好吧。"她一下子有些泄气，"真是个坏家伙，宴无好宴，你请我喝咖啡，一定没安好心。"

"你说得没错。"既然她这么说了，我也就大方地承认了。

"竟然不要脸地承认了！"她用很鄙视的眼神看着我。

这个女生好像从第一次见到我，就带着一股子火药味。若不是我确定之前没有见过她，我都要以为我是不是什么时候得罪过她了。

"说吧，你想从我这里知道什么？"她喝了一口咖啡，直截了当地问我。

"我想知道顾白的事情。"我单刀直入。

"噗——"她一口咖啡直接喷了出来，不可思议地看着我，像是怀疑自己刚刚听到的话。

"我想知道顾白的事情。"为了让她听清楚，我又强调了一声。

"是伊夏告诉你的吗？"她喃喃地问了一声，"是伊夏告诉你，有关于顾白的事情的？"

我点点头，如实说道："是，不过我只知道他是伊夏喜欢过的人，顾白的死似乎和她有点儿关系，其他的我什么都不知道。"

"你为什么觉得我会告诉你？"她放下杯子，拿起纸巾擦了擦嘴，"你明知道，我不太愿意看到你继续缠着小夏。你对她来说是个很大的困扰。"

"我没有认为你一定会告诉我，老实说，我也只是想碰碰运气。在开口问你的时候，我就已经做好了被你拒绝的准备。"我淡淡地说道，"你不说，我就会去找陈朗。如果陈朗也不肯告诉我，那我就换其他方法。总之，有心想知道一件事情，总能知道的。"

"为什么要做到这个地步？"她不解地看着我，"为了一个一直拒你于千里之外的人，为什么……为什么一定要做到这个地步？这个世界上还有很多很好的女生，你其实不必为了一个伊夏做到这个地步的。"

"因为我喜欢她。"我笑着说道，"这个世界上的确还有很多很好的女生，但是那些都与我没有关系。我这个人其实很死脑筋的，认定了一个人，一条道走到黑也不会想回头的。"

她沉默了，似乎是在考虑到底要不要告诉我有关于顾白的事情。

我不催她，正如我刚刚所说，我并不确定能够从她这里知道有关于伊夏的过去，但是任何有可能的方法，我都会去尝试一遍。

"我一定会后悔的。"过了好久好久，我听到她喃喃地说了一句话。

这一瞬间，像是下定了某种决心，她抬起头来看着我的眼睛，问我："你确定要知道那些事情吗？"

我心中一阵喜悦，我知道我今天的决定是正确的，她会告诉我的，我肯定。

"是的，我想知道。"我点点头，给了她一个肯定的答案。

04 🌸

故事是从他们很小的时候说起的。

那时候故事里的女主角不是伊夏，而是伊秋。

伊秋比伊夏大一岁，早念一年书的伊秋和伊夏并不在同一个年级。苏馨雅之所以和伊秋成为好朋友，是因为两个人的成绩都不是很好。不过，如果有人嘲笑伊秋，伊秋是丝毫不在意的。

她总是很骄傲地对所有人说："我考得不好有什么关系？我有一个一直考年级第一的妹妹啊！"

那时候两个人念的学校也不一样。伊夏从小就比较聪明，成绩很好，所以念的是实验小学，而伊秋不是，她念的只是普通的小学。

所以虽然伊秋总炫耀自己有个聪明的妹妹，苏馨雅却从未见过伊夏。她只是很好奇，每次都能考年级第一的伊夏，是不是长得和女超人一样？

顾白是苏馨雅的表哥，比苏馨雅只大三个月，和她一个年级。

因为考试总是不及格，苏馨雅的妈妈就要顾白帮馨雅补课，馨雅和伊秋是有着一同考倒数的革命感情的，于是补习的时候，馨雅把伊秋也叫上了。

陈朗和顾白是一起长大的好朋友，因为顾白的缘故，所以也时常过来帮她们补课。几年过去了，四个人变成了非常要好的朋友。只是虽然有顾白帮忙补课，伊秋的功课仍然只能到中等偏下的样子。

她自己倒也不着急，每次都会说出反正有个聪明妹妹这种话。

那时候的伊秋，是发自内心觉得伊夏是她的骄傲的。

那时候的伊秋，还是一个处处维护伊夏的好姐姐。

总之那时候的伊秋，嘴里总是挂着伊夏怎么怎么厉害，苏馨雅总是让她什么时候把伊夏带来给大家见见。但伊秋总是说，伊夏要学习，她没有时间陪自己出来胡闹。

苏馨雅第一次见伊夏，是在小学六年级的时候，那天伊秋骑着自行车，后座上坐着一个剪着短发的瘦小女孩。

她看上去实在太小了，以至于苏馨雅都没有把她当成是伊秋读五年级的妹妹。因为伊秋说过，伊夏只比她小一岁而已。

可是坐在自行车后面的那个女孩儿，看上去要小了三四岁。

当伊秋说那就是伊夏的时候，她吓了一跳，在没有见伊夏之前，苏馨雅有想过每次都考年级第一的，一定是个长得很不好看戴着厚底眼镜的女生。她从没有想象过，能考年级第一的，会是这么可爱的一个女孩儿。

她剪着一头齐耳短发，天生自然卷让她的头发看上去很蓬松，穿着一条碎花背带裙，里面的白衬衫很干净，仿佛是夏日的向日葵一样，静静地开在水边。

这是苏馨雅见到伊夏的时候，浮上心头来的第一种感觉。

那时候的伊夏其实不太爱说话，总是抿着嘴巴，安静得拽着伊秋的衣袖，习惯站在她的身后。

那天，顾白和陈朗也在那里，他们都觉得伊秋的妹妹很不可思议，很可爱。伊秋很开心，自己的妹妹得到认可，就像是她自己得到了认可。

那后来，伊秋就经常带着伊夏一起玩，大家会约在图书馆一起做功课。苏馨雅知道伊夏的成绩很好，但是她不知道她的成绩好到什么程度。那天她把试卷放在手边，就拉着伊秋一起去找小说看去了。

等到他们找到书回来的时候，她发现自己的试卷不见了，找了一圈，这才发现伊夏手里正在做的那张试卷，就是她的。

五年级的孩子，却毫不费力地做着六年级的习题。

所有人都吓到了，顾白将伊夏做好的试卷拿去看了一下，苏馨雅记得很清楚。那天顾白低着头看了很久，并且看得很仔细，最后他抬起头来的时候，眼睛亮亮的，像是看到了什么宝贝一样。

"太厉害了，伊夏。"他说，"全对。"

苏馨雅受到了打击，自己身为六年级的学生，做这种试题能考及格就不错了，可是伊夏轻而易举地全部答出来了。

"说了我妹妹很厉害的。"伊秋笑得非常灿烂，像是那张试卷是她自己做出来的一样。

"伊夏，不如你跳级吧，这样就能和我们一起去同一所初中念书了。"苏馨雅抓着伊夏的手说道。

伊夏愣了一下，然后她下意识地抬头看了伊秋一眼，然后她点点头说："好啊，我回去和爸妈说说看。"

苏馨雅一开始以为伊夏只是说笑的，可是很快她就知道伊夏不是在开玩笑。而伊夏自从第一次在音像店见到他们之后，就做了这样的决定。她只是一直没敢说出来而已，这个是苏馨雅后来才知道的。

伊夏真的说动了爸妈，让她的爸爸妈妈去说动了实验小学的老师，提前一年参加小学升初中的考试。并且叫人羡慕嫉妒恨的是，就算她提前一年参加考试，她仍然以全校第一名的成绩考入了他们约定的初中学校。一时间，整个学校的同学和老师，都将她视为神童。

伊秋和伊夏之间的矛盾，其实从那个时候就埋下了。不在一个学校，不念一个年级，那么人们就不会下意识地拿姐姐和妹妹去比较。但是现在伊秋和伊夏念同一个年级、同一个班级，每次考试，一个高高地挂在第一名，一个永远只能在中间偏后的位置。

不过就算是这样，那时候他们五个人仍然相处得很好。而且伊夏的学习方法很好，苏馨雅从她那里学到了不少好的学习方法，就这样，原本只能考倒数的苏馨雅，也慢慢地朝着中上游靠近。

班上的那些同学，知道了这件事之后，全部都去找伊夏，想让她帮忙补课。

在念初中之前，伊夏的性格其实是有些内向的。用她的话来说，就是除了学习，其他事情都提不起劲来，所以她没有什么朋友。如果不是伊秋带她去见了苏馨雅他们，那么大概她现在还是一个孤单行走在校园里，被很多人膜拜瞻仰的安静学霸。

从那之后，伊夏的性格渐渐地发生了改变。她变得越来越像伊秋，总是没心没肺地笑得开心快乐。

然而在伊夏改变的同时，伊秋也在慢慢地改变。

只不过五个人在一起的时候，谁都没有看出这一点。这种变化很小，一点点，日积月累下来，却非常可怕。

05

是从什么时候开始，伊夏和伊秋的性格对调的，苏馨雅已经记不太清楚了。

那时候他们五个人，每次考试，除了伊秋之外，其他四个人都挂在前一百名里面，而伊夏和顾白，一直挂在前两名。陈朗的成绩也很好，只不过和伊夏还有顾白这种怪物比起来，要稍微差一点儿。他的名次都在十名左右晃动。因为有了伊夏的帮忙，苏馨雅的名字也可以挤进前一百。

只有伊秋，她的名字孤单地挂在一百名开外。

苏馨雅有时候想，伊秋会考这个分数，到底是故意的还是真的学不会？是因为知道永远也比不过伊夏，所以自暴自弃，还是天生不适合学习？

可是伊秋自己就是不着急，每天得过且过，但是和他们在一起时，又总是显得那么没心没肺。

初中升高中的时候，凭伊秋的分数本来是不可能去那所高中的，是校方看在伊夏的分数上，加上伊秋的爸妈花了一笔钱，所以伊秋才能继续和他们念同一所高中。

他们后来总是以开玩笑的语气说："伊秋，你也要奋斗了啊，不然我们去不了一个大学怎么办？我们四个肯定是要去同一所大学的。"

不知道是不是这句话起了作用，从那之后，就算不喜欢学习，伊秋也开始老老实实地啃书。

如果一切就这样往前走，或许他们五个人到现在，仍然是快快乐乐的好朋友。

但是小孩子总会长大，不可能一直都是懵懂的小孩。长大了，总会遇见这样那样的事情，比如说，对某些人的感情，会慢慢地发生改变。

没有人比苏馨雅看得更清楚，因为顾白和陈朗，她都不喜欢，因为不喜欢，所以才能轻而易举地看破其他四个人的游戏。

年少时的喜欢，总是自以为藏得很高深，但其实是根本藏不住的。

比方说伊夏对顾白有好感，比方说陈朗总是会无意识地注视着伊夏，再比方说，伊秋看着伊夏时，不经意间流露出来的类似于羡慕与嫉妒一样的眼神。

一切都开始变了，原本牢不可摧的友情，被某种东西侵蚀，像是一块完好无损的玻璃被石头砸中，没有碎，却生出了支离破碎的裂痕。

那裂痕之所以没有彻底裂开，是因为顾白。

顾白其实是个很温柔的人，他的智商和情商都很好，所以他能够把已经有些变质的友情，以他的方式缝补起来。在别人眼里，甚至在他们心中，他们还是好朋友，并且会一直都是好朋友。

他能做到这一点最根本的原因，是他没有轻易地让伊夏和伊秋看出他的心思。

顾白也是人，伊夏和伊秋都是很可爱的女生，一直待在她们身边，不动心真是一件很难的事情。

　　所以顾白喜欢的人就在伊夏和伊秋之间，那个人是谁，苏馨雅知道，陈朗也知道。但伊秋和伊夏，就是不知道。

　　但苏馨雅知道，顾白并没有想要一直这样瞒下去。作为顾白的表妹，她知道得比陈朗要更多一些，比如说她知道在高考之后，顾白会对他喜欢的女生表白。

　　他其实只想守护那段友情到高中结束，可是他没有想过高中结束，他自己的生命也一并留在了那个夏天。

　　没有了顾白，原本就出现了裂痕的那块玻璃，只能破碎了。

　　顾白出事的那天，和伊夏约好了在公交车站台会合，然后一起去学校。正因为这样，伊秋将顾白的死因全都归咎在伊夏的身上，像是要将那些年来心里压抑的东西全部发泄出来。

　　伊秋彻底变成了另外一个人，曾经嘻嘻哈哈总是笑的伊秋不见了，曾经总是炫耀自己有个聪明妹妹的伊秋也不见了，她变得面目可憎，她将自己的亲妹妹逼得患上了抑郁症。

　　顾白出事之后，因为受到刺激，伊夏有一段时间说不出话来。因为刚刚失去顾白，顾白的爸妈也很愤怒，加上伊秋的挑拨，顾白爸妈也将全部的错都怪在伊夏身上。

　　伊夏本就很自责，全世界都在说那是她的错，于是她就认定了是自己的原因，所以顾白才会出事。

　　后来她在医生的帮助下，找回了自己的声音。她能说话了，做的第一件事情就是去顾家，她跪在顾家大门外，一遍一遍地说着"对不起"。

不知道顾白的哥哥和顾白的爸妈说了什么，他爸妈出来将伊夏从地上拉起来，并且告诉她，不是她的错，顾白一定也不会希望全世界的人都将错归到她身上的。

伊秋知道了顾家爸妈原谅了伊夏，非常生气。因为在她看来，伊夏是永远都不能被原谅的，是伊夏的错，全部的全部，都是伊夏的错。

苏馨雅实在看不过去，觉得伊秋这样实在太过分了，所以选择站在了伊夏面前，替她抵挡来自伊秋的讨伐和责难。

从那之后，伊秋彻底地和他们决裂了，于是原来的五个人，变成了现在的三个人。可是苏馨雅知道，就算表面上三个人还好好的，可是其实很多事情都不一样了。

因为曾经约定好了要一起来念这所大学，所以就算顾白已经不在了，但是为了守住那个约定，大家还是来到了这里。就算是分数根本不够的伊秋，也是由爸妈想办法，将她送进来念了本三。

一切的一切，归根结底，的确是因为一个顾白。

因为伊秋和伊夏喜欢的，是同一个顾白。

所以才会觉得无法释怀，所以伊秋才会变成了那样面目可憎的模样，所以伊夏才会将自己紧紧地锁在了一个不让人靠近的地方。

她曾经从孤独的暗影里走到阳光下，却又在最明媚的时候，被一大片阴云笼罩。她其实从来就没有变，无论是笑起来像夏天的那个少女，还是现在这个拒人于千里之外的女生，她们都是伊夏。她只不过是退回了改变之前的模样。

直到现在，我才明白了这一点。

顾白！

我的手下意识地捏成拳头，前些天被伊夏咬伤的手背隐隐地疼。

你何其可恶，你让一个女生对你抱有期待，为你改变，却又不能陪在她的身边！

但是顾白，你知道吗？

你与伊夏的道别，却是我与伊夏的初见。所以，我要谢谢你！而且，你的离开，让我有机会走到她的身边去，让我有机会让自己的憧憬变成依赖。

所以，也请你相信我，我会替你好好守护她的！我也会尽我所能，找回那个曾经笑得天真浪漫、像夏天一样的女孩的。

第七章

CHAPTER 07

Waiting For The Summer Snows

【伊夏·立秋】

害怕没有阳光，害怕没有鸟鸣，害怕冬天的寒冷，害怕夏天的酷热，害怕在最好的时节，遇不到最好的你。

01 ❀❀❀

过完元宵节，距离开学的日子又更近了一些。

就像说好的那样，乔言真的没有再打扰我。开学之后，顾皎找我，问我是否要还回班长这一职务的时候，我咬着牙说了两个字："不必。"

然后我就看到他狐狸样的眼睛里，露出一抹果然如此的眼神。

如果可以，我真想说一声"不"。

然而在乔言说出那种话之后，我怎么能容许自己打退堂鼓？

一连过了一个月，光秃秃的树枝上都抽出了绿芽，我这才相信乔言没有骗我，他的确说到做到，我答应继续当班长，他就不会继续来烦我。可是不知道为什么，他不烦我了，我却总觉得少了点儿什么。

我总是会下意识地看看手机，走路的时候总是会左右看看，每一次查看落空的时候，心里多多少少会觉得有些失落。

我觉得有些不妙。

之前听说，任何事情，只要坚持一个月就能养成一个习惯，难道说我已经习惯了乔言总是出其不意地出现在我身边，总是听不懂别人拒绝一样，一直不肯从我身边走开吗？

我忽然有些慌了，我只想着要守住自己的心，无论怎么样都不可以对乔言动心，可是我从未想过，习惯会是这样可怕的一样东西。

我必须戒掉这种习惯，我不可以再让乔言扰乱我的心了，因为乔言的存在，一切都好像脱缰的野马似的朝着我不可控制的方向奔跑。

正想到这里，手机响了起来。我抓起来看了一眼，是顾皎发来的短信，他让我现在去办公室一趟，说有事情找我。

我现在还在图书馆里，看到短信，只好把借的书还回原处。

走出图书馆，春风吹在脸上非常舒服，再过一段时间，就可以彻底脱掉棉衣，穿上轻薄的春衣了。是谁说，这个世界上最残忍的东西是时间，无论多么深刻的东西，在时间的浪花中荡涤之后，总会变得浅显模糊。那是最好的良药，也是最残忍的伤药。

办公楼里新换了一批盆栽，到处都是碧绿色一片，我找到辅导员办公室，看到顾皎正坐在那里，手里握着一支笔，在一张白纸上写着什么。

"来了啊。"他抬头看了我一眼，然后将笔放下，"喊你来，是要你帮忙做一件事。身为班长的你，是不是也应该为班级做点儿贡献了？可不能再像上个学期一样，什么事情都让其他班委来做了啊！"

这个狡猾的家伙！

"有什么帮得上忙的吗？"我压下心中的怒气，很淡定地问道。

他从办公桌上掏出一本花名册递给我，懒懒地说道："帮忙统计一下班上同学各门功课的分数，去年考试的分数虽然都出来了，但是我一直都挺忙，没时间整理，你能帮我吗？"

他说完，似笑非笑地看着我，一副大局尽在我心的感觉。尽管很不想让他得逞，然而身为班长，做这种事的确是很正常的。

我伸手接过花名册，说道："当然可以，请问各科的分数在哪里？"

他指了指隔壁一张桌子，那上面堆了很多试卷，我顿时有种不好的预感，难不成各科分数都没有统计出来，全部都只是在试卷上吗？

"你慢慢整理，不着急，今天搞定就行。"他优哉游哉地说道，"我现在要出去，这里就让给你来做吧。"

他说完，在我无比幽怨的眼神中，非常从容淡定地走了出去。

如果可以的话，我一定会暴打他一顿，我发誓。

这个人永远知道怎么让人发狂，别人越不想做的事情，他越是想让别人做！

不过虽然心里很愤怒，该做的事情还是要做。

拉开凳子坐下来，我翻开花名册，再将那一堆试卷抱到面前，才统计了几张，身侧忽然响起一道脚步声。我下意识地抬头看了一眼，心里"咯噔"一声，他怎么会到这里来？

来的人不是别人，而是已经一个多月都没有见到过的乔言。

他像是根本没有看到我一样，从我身边走过去，然后走到他们辅导员那里。我这才想起来，乔言似乎也是班委，因为有一次我在这栋楼里见过他。只不过那时候我根本没有关注过他，所以很快就忘了这件事情。

我用眼角的余光看着他，他那边的辅导员似乎也让他统计东西，并且交代完了就接了个电话，挂掉电话，辅导员就离开了。

于是整个办公室里，就只剩下了我和乔言两个人。今天是周末，本来办公的老师就很少，现在倒好，两个辅导员跟约好了似的都走了。

同处一间办公室，总觉得有点儿浑身不自在。当我发现我手心里沁出了一层细密的冷汗我才意识到，我在紧张。

乔言就在这里，就在离我不到五米远的办公桌前，这让我感觉到紧张。为什么？明明他曾经站在我面前都不会觉得怎么样，现在只是独处一间办公室，就让我紧张到这个地步？

到底是什么地方出了错，明明一切都按照我的意愿在往前走，可是又完全不对劲呢？

心里越来越烦躁，很想从这里逃出去，或者随便来个人就好，随便来个人，就会打破这里只有我和乔言两个人的尴尬境地。

这时我眼角的余光扫到乔言站了起来，他放下了手中的笔，然后站了起来，一步一步地朝我走近，然后又从我面前走过，径直走出了办公室。我顿时呼出一口气，心跳的节拍变乱了。

走了就好，他不在这里，我感觉呼吸都顺畅了不少。

然而我才放松了不到五分钟，他就缓缓地走了进来。他走的速度很慢很慢，慢到我都要觉得他是故意这么干的，他回到办公桌前继续手边的事情。

我原本放松的心情，一下子又回到了之前的紧张状态，终于我忍不住丢下了笔跑进了洗手间。

我捧起一捧冷水洗了把脸，当冰冷的水接触到我的脸时我才意识到自己的脸上很烫，我抬起头看着镜子里的自己。

镜子里的自己眼睛亮得惊人，原本略嫌苍白的脸颊上，此时因为充血的缘故，殷红一片，看上去就像是十六岁的少女，因为见到了喜欢的人而涨红了脸。

我怔住了。

因为喜欢的人，而涨红了脸。

谁？我吗？

我喜欢谁？

乔言。

02

不，不对，这不对。

我怎么可能喜欢乔言呢？我明明防守得很严，我明明小心翼翼地护住了自己的心。

我那么努力地不让自己心动，为什么还会产生我喜欢他这种错觉呢？

是的，错觉，这一定是错觉。因为我这一辈子应该不可能再喜欢上第二个人，我喜欢的那个人叫顾白，我还没有来得及告诉他我喜欢他，他就死在了我面前，并且他是我害死的，是我害死的。

这样的我，没有资格再去喜欢谁了。

心情渐渐地平静了下来，果然，每次控制不住自己时，只要一想到顾白，一切就都平静下来了。

真狡猾啊，伊夏！

我对着镜子里的自己自言自语，差点儿就喜欢上别人了呢！

明明他已经从我身边走开了，我却差一点点让自己对他动心。

让自己的心跳归于平静，整理了一下自己的心情，我这才转身回到办公室。乔言还坐在那里，他穿了一件黑色风衣，里面是白色的衬衫，白皙的肤色让他看上去有种芝兰玉树的感觉。怪不得那么多女生喜欢他，怪不得全校最美的女生都会对他表白。

我翻开花名册，继续做着没有做完的事情。

整个下午都没有人说话，如水的沉静在办公室里无尽蔓延。我从来都没有像这样和他单独相处过。这种感觉，很微妙。

等我将全部的成绩都填到花名册上后，外面已经是黄昏了。

办公室靠窗的地方放了一大盆的绿萝，碧绿的叶子垂下来，在橙黄色的夕阳照射下，显得格外恬静。乔言就这么坐在绿萝旁边，夕阳也在他身上洒下一层碎金色的剪影。

他的侧脸映在夕阳中，仿佛是细腻的画手画出来的一幅画，叫人一时间竟然没有办法挪开视线。

像是感觉到我在看着他，他缓缓地扭过头来，我连忙移开视线，假装我只是在看他身后的那盆绿萝。

　　将花名册合上，将笔放回笔筒，我站起来走出办公室。走廊里很幽静，一脚踩下去，清脆的回音便响起来。

　　我顺着楼梯一步一步走下去，心情有点儿奇怪，很想唱歌。这种轻快的心情，自从顾白去世之后，我就从未拥有过。

　　我一度认为我这一辈子都不会再有这样的心情了，却在一个春日的黄昏，重新将失去的心情捡了回来。

　　已经不想去计较这样的心情是不是对顾白的一种背叛，因为那根本没有办法计算。

　　走出办公楼的时候，我回头看了一眼，身后空荡荡的，什么都没有。雀跃的心情被压下去了一点点，一抹惆怅在心底漾开，像是平静的水面投进去一颗石子，那波纹越来越大，最后整颗心都觉得有些失落。

　　明明是我决定好的，明明是我决定要与他保持距离的，为什么他真的这么做了，我也并不觉得松了一口气呢？

　　回到寝室，苏馨雅不在，她参加了一个社团。今天社团有聚会，所以一大早就出去了，到现在还没回来。

　　忽然觉得一个人的寝室好空旷，四周太安静了，安静得我想要找个人说说话都找不到。

　　从口袋里掏出手机，点开联系人，将每个人的电话号码都看一遍，然后再默默地退出来。

　　心忽然有些慌乱，从那么热闹的往昔一路走来，变成了我一个人的现在，茫然不知道未来会变成什么样子。

好惶恐!

顾白,如果你还在就好了!

我将抽屉拉开,从小盒子里将那张五个人的合照翻出来。他永远都是那样微笑的模样,定格在这张照片上。照片上的我,笑得那样灿烂,而站在我身边的伊秋,她脸上的笑容只是淡淡的。

还记得小时候,我总是喜欢黏在姐姐身后,长大了,总是看着她,一直看着,憧憬着,想要成为姐姐那样总是很快乐的人。

是的,小时候姐姐曾是我的信仰。我超级羡慕她,因为我除了学习之外,根本什么都做不好。看着姐姐每天都那么快乐,总是那么无所不能,就越发觉得自己一无是处,于是就让自己变得更加孤傲,假装除了学习之外其他都不感兴趣。

那时候的我,对所有人都撒了谎。

大家都羡慕考试分数高的我,可是我羡慕的是姐姐的笑容。

假如有一天,我也能露出那样的笑就好了。

是不是这个世界上的一切都符合能量守恒定律?因为我能够那样笑了,所以姐姐就失去了笑的能力。是不是我将姐姐的一切全部夺走了,所以姐姐才会变得一无所有?

可是如果是这样,我现在已经没有办法那样笑了,我已经回到了曾经除了学习一无是处的我,为什么姐姐却没有变回来?

寝室的门口传来声响,我连忙将照片放了回去,然后阖上抽屉,从书桌上抽出一本书翻开来,寝室的门就是这个时候被打开的。

"啊，累死了。"馨雅的声音从门口传来，她们社团的活动结束了。

馨雅换完鞋，走到我身边，放了一个纸袋子在我面前。

"什么？"我问了一声。

"你自己打开看看。"她说。

我打开了纸袋，还没往里看就知道是什么了，一股糖炒栗子的香气扑鼻而入，我肚子"咕噜"一声，这才意识到自己还没有吃晚饭。

"我看有人在校门口卖，就给你带了点儿。"她说，"快吃吧，应该还暖和。"

还没有吃，胃里就觉得被填满了。

我轻声地说："谢谢你，馨雅。"

很多很多事，都谢谢你。

她愣了一下，冲我摆摆手："别肉麻兮兮的，快吃。"

我剥了一个栗子放进嘴里，很甜，很糯，鼻子酸酸的，有种想哭的冲动。刚刚在寝室里，那种一个人孤孤单单的感觉，逼得人近乎发疯。

原来得不到从来都不是最可怕的，最可怕的是曾经拥有过，后来却失去了。

03 🌸

当第一道闷雷炸响，檐角的木香花也开了，初夏的暖意取代料峭的春寒，一个细雨纷纷的时节到来了。

顾白去世的第一个清明节，我们决定回去看看顾白。

伊秋那边是陈朗去通知的，我不知道陈朗对她说了什么，其实根本不用通知，大年初一就去看顾白的那个人，清明节怎么可能不回去呢？

想到大年初一那天发生的事，我的心里就有些压抑。她决绝消失的背影，她看我时冷到骨子里的眼神，要多讨厌我，才能将温情脉脉熬成决然憎恨？

清明节那天，我们一早就起来准备。大家说好了在校门口会合。我和馨雅到的时候，伊秋和陈朗已经到了。他们站得很远，乍一看就像两个全然不相干的陌生人一样。

不知道从什么时候起，我们的眼中不再看着同样的风景，每个人注视的地方都不一样了。

顾白最喜欢大家在一起开开心心的，如果他还活着的话，看到这样一幕一定会很难过吧！

"走吧。"馨雅喊了一声，"先说好了，不管怎么样，在顾白的面前，谁都不许吵架。"

"哼。"伊秋冷冷地瞥了馨雅一眼，一脸不屑的表情。

陈朗一言不发地站在一边，不知道是不是我多心了，我总感觉他在看着我，可是等我回头看他的时候，他明明是低着头看着手里的手机。

大概是错觉吧，我想。

坐了两个多小时的动车，我们的双足终于落在了家乡的土地上。我们没有回家，直接上了公交车，去往埋葬顾白的那片墓园。

外面天阴阴的，像是要下雨，都说清明时节雨纷纷，若是真下雨了，也算是应景。

今天来扫墓的人很多，这片冷清的墓园，大概只有今天最热闹吧。在外面买了一捧郁金香抱在怀里，我们四个人一同走了进去。

顾白的墓在最里面，右手第三个的位置，其他的墓碑已经很老了，只有他的看上去是那样新。

好似昨天才将他葬下，好似他一直都还活着。

顾白的墓有人来祭奠过了，是他的家人吧！墓前放了很多贡品，还有烧过纸钱的痕迹。哪怕已经不在这个世界上了，也会害怕他挨饿受冻。

将郁金香放在他墓前，我们四个人都没有说话。就是伊秋，见了面就要吵架的伊秋，也站在一边一言不发。

"顾白，我们来看你了。"馨雅作为顾白的表妹，与顾白最亲近的人，她先开了口，她的声音很安静，明明她是那样一个活泼的姑娘。

顾白啊，他就是有这样的魅力，让每个人情不自禁地围绕在他的身边，想着要是可以永远这样就好了。

就算现在他已经不在了，站在他墓前，也仍然能够撼动人心。

"我们四个人现在也挺好的。"她继续絮絮叨叨地往下说，"我和小夏在一个系一个班一个寝室，伊秋也去了那所大学，我们约好要去同一所大学的，你还记得吗？"

"如你所愿，顾白，这一切都照着你喜欢的样子在往下走。"她说到这里，声音忽然弱了下去，"顾白，我有点儿害怕。我害怕我不知道什么时候，就会撑不下去。你不在这里，果然还是不行啊！"

　　"馨雅？"我怔怔地望着她，我以为永远不会害怕的馨雅，却在顾白的墓前说出了这样的话。

　　她回头看了我一眼，我从她的眼中捕捉到了一抹复杂的眸光，这瞬间让我有一种错觉，那就是这段时间来，我以为馨雅没有改变，但其实和我还有伊秋一样，馨雅也已经回不去曾经的馨雅了。

　　只是我的视线一直注视着我自己的悲伤，所以以为馨雅还是原来的那个馨雅。

　　"你……"我想和她说点儿什么，可是馨雅挪开了视线。

　　"开玩笑的啦，我馨雅是什么人，是不会有什么让我觉得害怕的。顾白，你有没有被我吓到呢？你放心吧啊，我很好，我们都挺好的。"她说完，转了个身，"我先走了，我想要回家一趟，就不等你们了。"

　　我错愕地看着她迈着大大的步伐，穿过一层一层的墓碑，最后消失在墓园的入口。

　　馨雅，到底怎么了呢？

　　不可能像她说得那样很好，她绝对不好。这段时间，是不是发生了什么事情，让她变成了这样？而自认为离她最近的我，竟然可笑地一无所知。

　　"顾白，我的心，是永远不会改变的。"伊秋这个时候忽然开口说道，"不像有些人，我一定、一定不会变的。"

　　心脏被人狠狠地击中了，尽管伊秋没有指名道姓，但是我知道她在说我。

　　我站在那里一句话也说不出来，心里五味杂陈，很多话想说，最后变成了不知道要说什么。

一直站到伊秋离开，天空更暗了，雨滴像小孩眼里噙着的泪花，随时都有可能落下来。

陈朗一直站在我身后，他和我一样，从站在这里起，就没有说过什么话。墓地里的人越来越少，很多人眼见着快下雨了，所以都回家了。

过了好一会儿，陈朗终于开了口，他说："伊夏，我们也走吧。"

一滴细细的雨丝落在我的脸上，我仰起头来，毫针一样的雨自半空飘落，这场雨到底是没有能够忍住。

和陈朗一同走到站台边上，陈朗回家的公交车先来了。我目送陈朗上了车，站台边上稀稀拉拉地站了几个人，我站在其中，却无法融入其中。

就如同小时候那样，无论在什么地方，我都是突兀的，都是与周遭格格不入的。

公交车来了又走，身边的人终于都走干净了，天与地之间，好像只剩下我一个人。

要这样走开吗？要这样什么也不说地从顾白面前走开吗？

我要坐的那班公交车再次缓缓地驶来了，在我面前稳稳停下，然后车门开启，等着我上车。我抬脚往前走了一步，然后一咬牙，转身跑进了墓地。

顾白，我果然没有办法就这么走开，还有很多话想要和你说，还有很多事情没有告诉你。我都不曾告诉你，没有你在的世界，我有多么孤单和彷徨！

墓园里已经没有人了，空荡荡的墓园里，只有我一个人奔跑的脚步声，细雨如丝一般落在脸上，痒痒的，凉凉的。

最里面一排，右手边第三个位置。

我站在墓碑前喘着气，墓碑上，顾白的照片小小的，清秀的眉眼，单薄的唇线上有着一抹浅笑。星子一样的眼眸里，也是温柔的笑意。

明明是这样温柔的人，现在却只能待在这个地方。

心里难受得厉害，我再也没有站立的力气，缓缓地蹲在地上。我与照片上的顾白平视，就像是他还活着那样，对着我微微笑。

"顾白，我不好，我一点儿都不好。"我轻声对他倾诉道。

04 ❀❀❀

"你知道吗，顾白？其实那天，我原本是要告诉你我喜欢你这件事的，我都想好了，等你从马路对面走到我面前时，我就第一时间告诉你。我已经做好了准备，可是最后我还什么都没有来得及说，你就在我面前出了事。如果那天我没有约你去那里，如果那天我没有打电话催促你，是不是你就不会待在这里了？"

"是不是不要遇见我就好了？要是五年级的时候，没有遇见你们就好了，那样伊秋就不会变成现在这样，那样你和伊秋现在……一定已经在一起了吧？"

"快一年了，顾白，距离你离开，竟然已经快要一年了，总觉得那是昨天才发生的事情。有时候真的好想抓住时间的指针，让它走得慢一点儿，再慢一点儿，这样你就不会被我们抛在时光里飘远。"

　　"馨雅说了谎，所有站在这里的人都说了谎。说谎自己很好，说谎要你不要记挂着。其实大家都不好，一点儿都不好。"

　　"顾白，你不在大家怎么会好？我们都很想你啊！你能不能……能不能……"

　　能不能不要死？能不能像个惊喜一样忽然出现在我面前？能不能像小时候那样，揉揉我乱糟糟的头发，给我一个能让大雨天放晴的微笑？

　　"对不起啊，顾白，对不起。"我却不能那样任性地在他墓前说出那种话，唯有一句"对不起"不断地从嗓子里漏出来，"真的真的，很对不起。我总是什么事情都做不好，我好像总是在伤害着谁。你在的时候是这样，你不在了好像还是这样。可是你在，就会帮我掩饰那些伤害，让我们五个人如同小时候那样亲密无间。你知道的吧？我和伊秋都喜欢你这件事，你一定是知道的吧？"

　　"可是就算是这样的矛盾，你仍然能将我们捏合在一起。我呢，一直是个幼稚的小孩，我不知道自己对姐姐造成了什么样的伤害，我从来都没有想过她的心情。顾白，我为什么会是这么糟糕的一个人？我为什么可以糟糕成这样？"

　　"你回答我啊，顾白！"眼泪再也忍不住，雨落一样顺着眼眶滑落，"顾白，你不在，我就什么也做不好，怎么办？我该怎么办？"

　　什么都做不好啊，连自己的心都没有办法好好地守护住，明明说好这一辈子都要活在苦难里为你赎罪，可是心脏总是不受控制地为了另一个人而搏动。

这样的自己，真的是糟糕透了。

原来我，竟然是这样三心二意的人吗？

原来我的喜欢，只是这样肤浅的程度吗？

雨丝变成了雨滴，开始一点点地变大了。

"里面还有人吗？没有人我要关门了。"守墓人的声音从很远的地方传来。

我蹲在地上，一直望着顾白的脸，他永远是照片上那样一成不变的样子。无论再过多少年，无论什么时候来，无论我在哭还是在微笑，他永远，都只会是这样微微笑的样子。

我将头埋进臂弯里，像个鸵鸟一样将自己埋进沙堆，想要从这个世界永远地逃开，心脏在颤抖着。

顾白，我应该怎么办？我不知道我该怎么做才是最好的啊！

不知道啊！

雨越下越大，身上的衣服被打湿了，头发贴在额头上，分不清是雨水还是泪水。它们顺着我的脸庞滴落在地上，再渗透到脚下的泥土里面。

下雨天，天空总是黑得那样快，四周安静得只有雨的声音，墓园的门大概已经被人关上了吧。没有人会到这里来了，只有我在这里。

原来这个地方，是这么寂寞。

不知道什么时候，头顶的雨好像停了，可是四周围的雨还在下着，雨落在伞面上的声音传入我的耳中来。

我缓缓地抬起头来，头顶是一把黑色的雨伞，一只修长干净的手握着伞。顺着那只手往上看，就看到乔言那张俊秀的脸庞。

就算四周那么昏暗，就算这里这么萧条寂寞，他脸上的笑容仍然像太阳一样，在这片墓地里，像烟火一样绚烂。

他穿了一身黑，与我已经快两个月都不曾见过面，或者见了面也仿佛没有看到我的乔言，在清明这一天，在阴雨连绵的傍晚，在我陷入迷茫不知道该如何是好的时候，穿透冷雨来到了我的面前。

仿佛迎新晚会的时候，他也是这样站在那里，默默欣赏我的悲伤，安静地站在我身边，不说话，只是对我笑。

"你来做什么啊？"我喃喃地说，"来看我狼狈的样子吗？不是说好不再打扰我的吗？不是做到了在学校遇见了也假装看不到我的程度吗？"

这样的话说出口，我才发现，我的话更像是和好友赌气的小女孩。

他缓缓地蹲下身，眼神仍然是带着微笑，他像是心情很好的样子，饶有兴趣地看着我。

"别这样看着我啊。"我伸手想要将他从我面前推开，他蹲在我和顾白的墓碑之间，整个挡住了顾白的照片，"不要待在这里啊。"

他抓住了我推向他的那只手，然后紧紧地抓住不肯松开。他的手背上，我咬伤的地方已经愈合了，只是留下浅浅的伤痕，那伤痕大概再过一段时间就会彻底消失了吧。

"你松手。"我有些恼怒，总觉得这个人简直太可恶了，"看着我这样，你的心情很好吗？"

"还不赖。"他轻轻点头说，"真狼狈啊，伊夏，张牙舞爪地让我离你远一点儿，在我手背上留下这种伤痕的人，哪里去了啊？"

"不用你管我。"我用力挣扎着，想抽回自己的手，然而他手下猛地用力将我朝他拉去，我径直朝他跌去，还没有来得及站起来，他的手已经按在了我的后背。

他抱住了我，像是动漫展那天那样，用不容我拒绝的方式，霸道地抱住了我。

"伊夏，你还真是狡猾。"他的声音近在咫尺，低低的，与心腔共振一般，"每次都用这样的表情对我说不用管我，可是不管这样的你，怎么可能呢？不能把你丢在这种地方啊，你的眼神，明明在让我救你，你用渴望救赎的眼神看着我，却又用冷冰冰的语气让我走开。没有办法走开啊，没办法放任这样的你一个人。"

"你知不知道？每次你难过的时候，看着我的眼神就像是在对我说，拉我一把吧，如果不拉我一把我就会死掉的。如果我死掉，那么一定就是你害死的。"他轻轻缓缓地说，"于是一次一次地，总是没有办法从你面前走开，是你先招惹我的，所以不要总是让我走开。"

05

"是你先招惹我的，所以不要总是让我先走开。"
他是这么说的。
是吗？原来是这样吗？因为无法忍受，所以不自觉地在对他求救。
为什么呢？

　　明明我是心甘情愿让自己置身苦难，明明我已经做好这样的觉悟了啊！

　　"安静下来了吗？"好一会儿他才松开了我，天空已经彻底暗了下去。

　　"你是怎么进来的？"我记得墓园的人早就喊了要关门，"还有，你是怎么知道我在这里的？"

　　"清明节，你肯定会在这里的不是吗？"他低低笑了一声说，"知道你肯定要到这里来，要找到这里不是很简单的一件事情吗？"

　　"别说得你好像很了解我似的。"我偏过头去不看他，"明明你什么都不知道。"

　　"我知道的。"他说，"我知道你喜欢顾白，我知道顾白的死让你很自责，我知道你不愿意让别人知道的过去，我全都知道。"

　　"你……"我惊诧地看着他，这么长时间都没有来缠着我，难道说他用这些时间，去寻找我的过去了吗？

　　"知己知彼，百战百胜。"他并没有掩饰自己的所作所为，"我不能永远只在你的心门之外徘徊，不是吗？要打开你的心门，我就需要知道你的过去到底发生了什么。虽然我一点儿都不介意你曾经发生过什么，因为那对我来说没有意义。但是如果那是打开你心扉的必要条件，那么我不介意知道一些故事。"

　　"你都知道了些什么？"我问。

　　他说："能知道的，应该知道的，我都知道了。"

　　"那么你就应该明白，我为什么不可能和你在一起的原因。既然知道原因，为什么还要来找我？"我不明白，任何人知道了那段过去，知道了我身

166

上背负的罪孽，都应该离我远一点儿，让我安静地赎罪不是吗？

为什么还要来招惹我？

为什么要来撩拨我的心？

为什么总是在我最脆弱的时候出现在我面前？

他难道不知道，一次不动心，两次不动心，那么第三次……我就没有办法再次不动心了吗？

他总说我太狡猾了，可是乔言，难道你就不狡猾吗？总是挑我最难过的时候出现，趁虚而入地赖在我心里空出来的地方，一点点地将我的心夺走，让我一败涂地，溃不成军。

可是你明知道，我不能对你动心的，这是一种背叛啊！

"因为我想要骂醒你这个笨蛋。"他叹了一口气说，"你擅自决定将自己的心关起来，可是伊夏，你明明知道，顾白那样的人，不会愿意看到你现在这个样子的。"

"顾白最在意的是什么，而现在他所在意的东西，还剩下了什么呢？"他淡淡地说，"如果真的想要赎罪，就更应该守护好他想看到的风景不是吗？"

我怔住了，顾白最在意的是什么？

最在意的，是什么呢？

"五个人的友谊，他努力地在裂缝中间维持平衡，他不想昔日的友情变得支离破碎吧？"乔言语气似乎有些激动了，"可是现在呢？伊夏，你告诉我，顾白他想看到的，所在意的那些，还在吗？"

不在了啊，早就不在了啊！

在他出事之后，就已经不在了。

"你说为了赎罪，你一辈子都不配得到幸福，你用这种方式惩罚自己，你将所有人都拒之门外，可是伊夏，你想过没有？"他说到这里，停顿了一下，"顾白要的不是你的赎罪，他那样温柔的人，怎么舍得看到你这样？他不会安心的，一定不会的，你们四个人当中，他一定最想看到你快乐的样子。"

"为什么呢？"我不明白，"为什么你要说出他希望我快乐这种话？我是害死他的罪魁祸首不是吗？"

"不是。"他轻轻摇摇头说，"不是这样的，没有人知道会发生那样的意外。倘若他是在去学校的路上出事，那么所有人都要去怪罪学校吗？这并不是你的错，那是一个无法逆转、无法预知的意外。你将自己变成这个样子，你以为顾白看到了就会开心吗？"

"你将顾白想成了什么样的人啊？"他一字一句，仿佛利刃一样，一点点地扎进我的心里，"你将他，想成了怎样面目可憎的模样？他是那样的人吗？在你的心里，他需要你的赎罪吗？你多久没有睁开眼睛，好好看一看眼前的人，好好看一看这个世界了？"

"他要的从不是你的忏悔不是吗？顾白那样的人，你应该最了解的不是吗？"他的声音混合着雨声，在夜晚的墓园中，一道闪电似的劈开我浑浑噩噩的脑海。

在我的心里，顾白是那样的人吗？

不是的啊，他是温柔到不可思议的存在，他是会揉乱我的短发，告诉我女孩子要留长发的那个人，他是会微笑着看着我，用近乎宠溺的声音对我说伊夏好厉害的那个人。

我到底将他想成了什么模样啊？

我擅自决定要为他赎罪，我不再看着他喜欢的这个世界，我不再热爱他拼命守护的东西。

可笑的是，我却一直用他的名义让自己一直处于悲伤之中。

"你不过是让自己不快乐而已。"他缓缓地说出了这句话，原来我全部的伪装，我披在身上最牢不可破的那件盔甲，在他浅淡的语调中，狼狈地分崩离析。

我不过是让自己不快乐。

"决定好要怎么做了吗，伊夏？"良久，乔言看着不说话的我，安静地问我。

我抬起头看着他的眼睛，然后轻轻地点了下头。

我不能一直悲伤地待在这里，我不能让顾白努力想要守护的东西就这样消失不见，我不能让他存在的回忆就这么破灭。

想要做点儿什么，无论会面对怎样疯狂的责难，我都必须做点儿什么。

"我就在这里。"乔言轻轻握住了我的手，他的声音很轻很暖，是一种能够让人安心的语调，"不管即将发生什么事情，伊夏，我要你知道，我永远在这里。"

说完，他朝我低下头来，然后他柔软的唇，轻轻地印在了我的唇上。

伊夏，我要你知道，我永远在这里。

我睁大眼睛看着他近在咫尺的脸，他纤长的眼睫轻轻颤动着，他的呼吸那么近，他嘴唇的温度有点儿凉，我的大脑一片空白。

我僵在那里，忘记了要推开他。

第八章
CHAPTER 08

Waiting For The Summer Snows 【乔言·寒露】

在下一个春天来临之前远行，踩着满地春花去你在的那个世界。

杜鹃花红了一片山野，你躲在花丛背后探出头来，依旧是笑靥如花的模样。

01

清明的雨总是下得很准时，它总是在人们最需要的时候出现，就像现在一样。

我站在马路对面，看着她和陈朗一起走出墓园，然后在雨开始落下来的时候，她飞快地折了回去。

知道她一定会来这里，所以一大早我就买好车票回来了。为了不错过她，我在这里等了很久很久。想起谁说过，所谓的偶遇，不过是一场精心计划的相见。

遇见伊夏之前，我以为这种事情我是不会去做的。现在不仅做了，还做了很多次，要踏着荆棘走向一个一直拒绝你的人，能做的，只是一次又一次地制造偶遇不是吗？直到对方缴械投降，直到她也不忍心拒绝下去。

我本想在墓园外面等她出来，可是她进去的时间太久了，久到守墓人都要关门回家了。我听到他喊了一声，转身进了传达室。我趁着他没有注意的时候，打着伞走了进去。我不知道顾白的墓碑在哪里，里面的墓碑算起来也有成百上千，空气里是烧过纸钱的味道，我从第一排，一个墓碑一个墓碑地找过去，可是怎么都看到不到伊夏的身影。

时间久了，我甚至在想，是不是我看错了，其实她已经离开了？

然而我想要相信自己的眼睛。

终于，在找到最后一排右手边第三个位置的时候，我看到了蹲在地上、狼狈得像个破损的布偶的伊夏。

心里有些小小的揪心，我的视线稍微从她身上挪开一下，她就把自己弄成了这么狼狈的样子。仿佛是被世界遗弃的小孩，她就这么蹲在这里，好像感觉不到时间从她发梢流逝。

必须将她从坚固的壁垒中拉出来，必须让她知道她不可以继续这样悲伤下去！

我和她说了很多很多话，我以为她不曾听进去，只是在她哭泣的一瞬间我知道，她将我的话都听进去了。其实她心里一直都很明白，她只是一个人醒不过来。

馨雅和陈朗因为顾白的缘故，都没有去拉她一把，仍由她活在罪恶感之中，伊秋更加不会那么做。于是离她最近的人，放任她沉溺在悲伤之中。

她只是需要一个人，把她从湿漉漉的悲哀之中拉出来。

我蹲在她面前，告诉她我在这里，我会一直在这里。

她一定不知道她看着我的眼神有多美丽，那瞬间像是受到了某种蛊惑，我低下头吻住了她的唇。

　　她浑身很僵硬，但是并没有推开我，也许她只是忘记了，但是她不曾推开我，这件事足以让我感到高兴。好像之前的心酸全部消失不见，为她所做的一切都是值得的。

　　雨越下越大，"噼里啪啦"的砸在雨伞上，汇聚成雨帘从伞边落下。

　　我回头看了一眼，顾白的墓碑就在我身后，仿佛在冲我微笑一般，他的眼睛里装满了温柔。

　　这是我第一次见到顾白，只需要一眼我就明白，他为什么会被伊夏喜欢。他的确值得伊夏喜欢，因为那样的少年，在短暂的青春岁月中，就像是一株会发光的昙花一样，总是吸引着少女的靠近。

　　他就是这样的人吧！

　　带着伊夏从墓地翻墙出来，时间已经很晚了，开往市区的公交车已经没有了，回去的唯一方式，要么是找出租车，要么是步行去其他站台。

　　伊夏没有说话，事实上从刚刚到现在，她就没有开口说过一句话。她的表情始终淡淡的，但是我知道，这一次她一定不会再任由自己沉溺在悲伤里了，更不会让自己患上抑郁症，甚至连话都说不出来。

　　其实伊夏真的很聪明，很多东西，点醒了，她就明白了。

　　一路沉默着走到另一个站台，还有公交车来来往往。和她一起找到了回家的公交车，一直把她送到了她家小区门口，我才转身离开。

　　我看到准备走进小区的她回过头来看我，霓虹灯照亮了她的眼睛。她的眼神中，彷徨不见了，取而代之的是一种沉稳的坚定，那是磐石一样坚韧的眼神。她开口对我说了两个字："谢谢。"

　　我站在那里，目送她走进小区。小区的感应门在她身后阖上。隔着不高的感应门，我看到她似乎回头朝我看了一眼。

我松了一口气，抬起手轻轻触了触自己的唇。

我想我一定是做对了什么吧，所以她才没有推开我。

回家后，我泡了一个热水澡，才披上睡袍，放在茶几上的手机就响了起来。我抓起来看了一眼，有些意外，这个时候给我打电话的人竟然是陈朗。

电话那头，是"哗啦啦"的雨声，陈朗现在似乎在外面，他的声音有点儿疲惫："乔言，我记得你和伊夏说不再纠缠她了，为什么今天要去找她？"

"那是我和她之间的事情，我不认为我要和你报备。"我以为陈朗上了公交车就回去了，难道他后来又折回去了？

"为什么偏偏是今天……"他的声音低低的，带着浓烈的不甘，"乔言，你这样太狡猾了。"

"没有什么狡猾不狡猾，我不记得什么时候承认过要和你公平竞争。"我淡淡地说道，"你要一直当一个安静的骑士，那是你自己的事情，你不能要求每个人都像你一样，不是吗？"

"开什么玩笑！"他蓦地大声说，"你知道什么啊！"

"我什么都知道。"我不想再因为不知道伊夏的过去而什么都做不了，"你们的过去，我全部都知道。"

"谁告诉你的？"陈朗问我，"是伊秋吗？"

"谁告诉我的都不重要，重要的是我已经都知道了。"我说。

电话那头沉默了一会儿，雨声变得越来越大，陈朗的声音再次传了过来："就算知道又怎么样？乔言，你这个浑蛋！"

"比起眼睁睁看着她难过，仍由她身陷痛苦之中而什么都不做的人来说，我已经善良得像个天使了。"我并不觉得我做错了什么，让她停止悲伤有什么错？我想看到她的笑容，她应该活在阳光下，而不是罪恶的泥潭里。

陈朗一下子失去了语言似的，过了好久好久才说："我并不是什么都没有做。"

"可是就算你做了什么，对于伊夏来说都毫无意义不是吗？而且因为你无条件地护着她，反而让她更加自责。如果伊夏生病了，你的存在是让她病情更重的伤药，只会提醒她那段无法回去的快乐时光是被她亲手毁掉的。一句不是你的错，根本毫无意义，听上去很苍白，像是在为过错辩解一样。"可能我没有经历过那些事情，所以作为局外人的我，更容易看清楚这一点。也因为是局外人，所以才能由我去叫醒伊夏。

"我不会放弃的。"他说，"你给我等着，乔言！"

他说完就挂断了电话，我将手机放回茶几，走到窗户边上，外面的雨像瓢泼一样，原本还只是细细的小雨，却也能变成这么大的雨。

窗户上结了一层雾气，从二十楼的高处往下看，世界像是一张被水墨晕开的浮世绘，车水马龙川流不息，而我知道，我爱的人就在那里。

在那浮世浮沉之中颠沛流离，但是再也不会了，因为我已经将她从泥沼之中拽了出来。

等到雨过天晴，属于伊夏的，属于我们的艳阳天，一定会到来。

02 ❀❀❀

如我所愿，那场大雨之后，天空就放晴了。

碧蓝色的天空仿佛水洗过一样，温润的微风让人心情愉悦，我靠在图书馆三楼的窗户边上往下看。

伊夏手中抱着书缓缓地由远走近，我从图书馆走下来。她身边的人有那么多，可是之后只有她的身影在我眼中无比清晰，其他人仿佛被相机的滤镜给过滤掉了一样，显得模糊且苍白。

我慢慢地朝她走去，然而就在她离我还有不到十米的时候，有个人从边上走出来，挡住了伊夏的去路。我眉心皱了皱，站在了原地。

陈朗，这种时候你想要做什么呢？

没错，跑出来拦住伊夏去路的人，是陈朗。

因为隔得有点儿远，加上他背对着我，所以我看不到他现在是什么样的一种表情。

我抬起脚往前走去，我不会允许任何人在这种时候出来捣乱。

"小夏，我想和你说件事情。"我听到陈朗这么说。

我心中忽然有种很不好的预感，我加快脚步走到伊夏身边，然后在陈朗反应过来之前，伸手抓住伊夏的手，拉着她就往边上走去。

陈朗很快就回过神来，飞快地抓住了我的手臂，拽住了我，不让我带走伊夏。

"乔言，是我先来的，总要讲个先来后到吧。"他看着我，话中有话地说道。

"先来的又怎么样？"我淡淡地看着他，"我找伊夏有重要的事情，所以不能陪你在这里浪费时间。"

我故意将"浪费时间"四个字咬得很重，话中有话谁不会？在我再次遇见伊夏之前，他明明有那么多的时间让伊夏不再难过，可是他没有，他什么都没有做。他以为只是陪伴就足够了。

的确，有句话说得很好，陪伴是最长情的告白，可是，像伊夏这种状态，根本就不是陪伴能解决问题的。陈朗很早就喜欢伊夏了，可是他什么都不说，只是默默地守在她身边，把这些事情全部都藏在心底。可这毫无意义，严格说起来，这完全就是在浪费时间。

我不认同这样的浪漫，喜欢一个人就一定要让她知道。当她迷失的时候，要让她清醒过来，而不是陪着她一同迷失。

"是不是浪费时间，得由伊夏说了算吧？"他并不松手，原本沉默的眼神，此时亮得惊人。

我心中不由得"咯噔"了一下，那天晚上，他在电话里说他不会放弃的，我以为他只是不甘心之下放下的一句狠话而已。

可是现在看来，他似乎是真的打算不再沉默了。

但我并不惧怕，人与人之间，并不是陪伴的时间越长久，感情就越浓厚，反而因为他一直都以好朋友的身份陪在伊夏身边，一旦这种友情转变成爱情，伊夏肯定是无法接受的。更何况，他还是顾白的好朋友，就冲着这一点，他就已经输了。

"你们都松手。"伊夏有些愠怒地说道，"没发现已经有很多人朝这里看了吗？"

我耸耸肩，并不介意，哪怕这里人山人海，都无法对我产生什么影响。

要做到这一点其实很简单，那就是眼睛里只看到一个人就可以了。

"我说松手。"伊夏的声音隐隐带着一丝冷意，她见我们不为所动，用力甩了一下手，回头瞪了我一眼，我就笑了起来。

如果说曾经的伊夏，安静得像个孤单行走在雨中的执伞人，那么现在的伊夏，她就是上了色的简笔画，眼神里的寂灭和冷漠不见了。

这才是我想看到的伊夏，这才是当初在站台边上，只用了一个笑就让我再也放不下的伊夏。

这才是，我想看到的风景。

"乔言，你让开。陈朗，你想和我说什么？"她收回视线，回头看向陈朗，"这里人太多，我们进图书馆里面去说吧。"

"好。"陈朗当然没有意见，他率先朝图书馆走去，伊夏跟着他往前走。

我双手插进口袋里，跟在伊夏身后。

"你跟着我做什么？"走了几步，伊夏回过头无奈地看了我一眼。

我耸耸肩说："谁规定图书馆只有你们可以进？"

"你！"她有些气结，不过没有往下说，而是转身继续往前走。她放弃了让我走开，因为她知道我根本不可能听她的话，乖乖地走开的。

进了图书馆，四周顿时安静了很多。

陈朗的脚步停了下来，他转身的瞬间看到了我，脸色顿时就变得有些糟糕。我只当看不见，走到边上从书架上抽了一本书，拉开椅子坐下来，随手翻开一页，假装只是来看书的。

陈朗看我这样，也不好再说什么，再说，就显得自己太小气了。

他索性不再看我，我用眼角的余光看着伊夏和陈朗，将书页翻了一页，其实我根本什么都没有看进去。

陈朗找伊夏要做什么，我心里隐隐觉察到了，因为目睹了我去墓地找伊夏，甚至有可能我和伊夏说的那些，我和伊夏的那个吻，他都沉默地在黑暗的角落里全部听到了，看到了。

一直以来，他像个骑士一样守在伊夏身后，或许伊夏自己都没有觉察到这一点。

在她看来，陈朗就是一个很好的朋友，是顾白的铁哥们儿，是在自己痛苦的时候，默默支持她的挚友。她大概还不知道，这个叫陈朗的少年，从很早的时候开始，就已经默默地以一个骑士的身份守护她了。

只是，当骑士受到了刺激，他会做出什么让人意想不到的事情来呢？

"陈朗，你想和我说什么？"伊夏打破了没人说话的僵局。

陈朗下意识地看了我一眼，我假装专注地看书，没有回头。

"小夏，我们认识也已经很多年了吧？"他用了这样一句话作为开场白，只需要一句话我就知道，陈朗已经乱了分寸。

的确，一直守护着的那个人，被一个莫名其妙的闯入者抢走，换成是谁都不会淡定吧？

"是啊，第一次见你也是小学五年级的时候。"伊夏想到了过去，表情变得很温和。

她已经能够敞开心扉，不会因为回想起曾经的快乐，就难过得近乎要哭出来了吗？

"从那时候到现在，已经八个年头了。"她缓缓地说道。

陈朗似乎也想起了那段快乐的时光："其实我一直想知道，小夏，你是怎么看待我的呢？在小夏你的心里，我是怎样的存在？"

伊夏愣了一下，她仔细地思考了一下说道："陈朗就是一直很可靠的大帅哥啊，虽然不太爱说话，但是性格很好，很会照顾人，总是默默地帮助我。在我心里，陈朗你是谁也代替不了的朋友。"

"除此之外呢？"像是被"朋友"两个字说得心烦气躁，陈朗的情绪显得有些焦虑，"除此之外……还有呢？"

伊夏有些不太明白陈朗想说什么，她的眼神有些茫然。

陈朗犀利地问道："我知道你的目光一直只追随着顾白，可是，有没有偶尔的时候，你的目光也会稍稍看向我这里呢？"

伊夏怔住了，她看着陈朗的眼神，有错愕，有不可思议，更多的是迷茫。

03 ❀

在陈朗开口的时候，我就知道了伊夏的答案。

或许陈朗自己也明白，只是知道是一回事，不甘心又是一回事。人生难得几回搏，哪怕只有一丝的可能性，他也一定会向伊夏表白的。

就像去年的暑假，我明知道在那个站台等不到她，可我还是每天都会去那里，因为只要有一点点的希望，我就一定要去的。

"陈朗，你……"伊夏过了很久才回过神来，她仍然有些不敢相信地看着陈朗。

陈朗看着她的眼睛，然后重重地点了下头："是，你没有猜错，就是那样。我一直在等着你的目光落在我身上的一天。"

"可是。"伊夏像是有些混乱，"可是，这不可能啊！"

"为什么不可能呢？"陈朗上前一步，激动地说道，"小夏，你这么可爱，这么耀眼，一直待在你身边的我为什么不可能对你动心呢？一直以来我什么都不说，是因为我知道你的目光只看得到顾白。可是现在，顾白已经不在我们身边了，就算你再留恋，他也不可能回来了。这一年，我什么都不做地站在悲伤的你的身旁，想着总有一天，你会从悲伤中走出来，然后一转身，就看到了身旁一直站着的我。到那时候，你就一定会明白我长久以来的心意。可是，现在看来，我似乎等不到那一天了。我害怕等不到那一天，你就先去别的地方了……"

"对不起。"伊夏猛地站了起来，打断了陈朗，"对不起，陈朗，不要再往下说了。"

"你听我说完好不好？"陈朗的脸色变得苍白一片，"不要让我半途而废啊！"

伊夏原本想走开，听到陈朗的话，脚步慢慢停了下来。

不知道是不是想到自己的心情，她没有走开。

"我知道现在和你说这些，你一定会不想听下去。但是，小夏，我不想再沉默下去了。"他微微笑了一下，只是那个笑，看上去就像是要哭出来一样，"或许你听完就会拒绝我，但是我要你知道。这么多年以来，我的目光一直都追随着你，我的灵魂深处一直深深地喜欢着你。是的，我喜欢你，喜欢你小夏！"

喜欢你。

这三个字终于从他的嘴里说了出来。

可是，迎接他的，是漫长的沉默。

过了好久好久，陈朗轻轻地往前走了一步，开口说道："小夏，你不必觉得困扰。我告诉你这些，只是因为我想告诉你。有个人告诉过我，在说出喜欢你的时候，就要有被拒绝的觉悟。我只是想要让你知道长久以来我真实的心意，而已。"

他说完，便缓缓地走了出去。他的脚步虽然刻意放得很轻，但是在安静的图书馆里，还是显得有些沉重。

伊夏就这样站在那里，微微低着头，眼底晕着一团忧伤之色。

冰冻三尺非一日之寒，她对顾白的心情，不可能在这么短的时间里就消失。只是陈朗的告白，让她不得不回想起自己对顾白的心情了吧！

我合上书，将书放回书架，然后走到她身边，伸手揉了揉她的短发。她茫然地抬头看我，眼神像是透过我，看到了另外的什么人。

我的手僵了僵，我知道，这一瞬间，她将我当成了顾白。

我的手顺着她的头顶滑下，然后我支起指节敲了敲她的头，说："在发什么呆啊？你还没有好好地给陈朗一个答案啊！"

"乔言。"她喃喃地喊了我一声，"陈朗真的不是在开玩笑吗？"

"他没有开玩笑。"我很认真地告诉她，虽然陈朗对我来说，是一个对手，但是他默默地守护她这么些年，就算是我也觉得感动。

或许没有我的存在，再过个十年八年，伊夏的心态成熟，自己从自己设置的牢笼里走出来，面对一直守在身边的陈朗，她会接受他。

只可惜在他等到那一天之前，我遇到了伊夏。我不擅长等待，所以我抢在他之前，趁着伊夏脆弱的时候，堂而皇之地赖在她身边不走。直到她将我的存在当成了习惯，直到她在无意识间，已经不会再甩开我的手，不会再推开我的关心，不会再拒绝我的拥抱。

"我该怎么办？"她像是一个无措的小女孩，陷入了茫然之中。

我微微笑着说："没事的，伊夏。我说过无论发生什么，我都在这里。不用觉得迷茫，你若不喜欢他，没有和他交往的打算，那就直接告诉他你的心情。"

"可是那样，我和陈朗会不会连朋友也没得做？明明才决定好，要让大家回到曾经的样子。"她眼神里有一丝急切和恐惧，"我会不会让事情变得更加糟糕？或者我是不是接受他比较好，这样至少他不会走开？"

"你在说什么蠢话！"我的眉心皱了起来，我以为她已经可以一个人面对过去，可显然是我太天真。也是啊，那种打击让她患上抑郁症，我没有经历过，却可以想象得出来，那个时候的伊夏到底经受了怎样的打击和伤害。

"不要这样践踏喜欢一个人的心情，你看着我的眼睛！"我低喝道，"朋友之间，不是靠着谁的牺牲去维系的。顾白想看到的，也不是这种虚伪的友情。"

"我会不会太自大了？我真的能做到吗？"她有些怀疑自己。

"我说过，我在这里，你不是一个人孤单地前行，顾白可以做到的，我也可以做到。"我安抚着她，她渐渐地回过神来，眼中的雾气渐渐散去。

她点点头说："你说得对，顾白想看到的，不是这样的友情。我这种半吊子的觉悟，果然还是做不到。谢谢你，乔言，谢谢你刚刚抓住了我。"

她眼中的谢意很真诚。

我说："你知道我要的不是谢谢，伊夏，和我在一起吧。"

她愣了一下，跟着笑了起来，说道："你知道吗？长到这么大，还没有男孩子跟我告白过，可是今天一天，就接连着来了两个。"

这种时候，她却和我开起了玩笑。像伊夏这样的女生，怎么可能没有人喜欢呢？一直以来，她的身边有顾白和陈朗两个男生守着，其他人喜欢她，也不会有勇气来跟她告白吧！因为她目光所望着的方向，是顾白。

后来念了大学又遇见了我，我那样高调地追她，全校皆知，所以大概也不会有人不怕死地去跟她表白。当初我用那种方式拒绝来跟我表白的美女，就是为了起到这样的效果。

想到我心爱的姑娘会被其他男生表白和喜欢，我的心情就变得焦躁起来。

"所以你给我的答案呢？"他笑着问她，"伊夏，你喜欢我吗？"

她静静地看着我，并没有躲开我的眼神："我不知道我喜不喜欢你，但是就目前来说，我不讨厌你。"

不讨厌，那就是喜欢啦。

我的嘴角忍不住上扬，心情前所未有的好："走吧，我请你吃午饭。"

"为什么请我吃饭？"她挑了挑眉，问我，"无事献殷勤。"

"因为我心情好，所以请你吃饭，这个答案你满意不满意呢？"我说着，朝她递过去一只手，静静地看着她。

她抬起手一把拍掉了我的手，但我没有让她的手缩回去。我抓住了那只手，然后我拉着她走出了图书馆。

04

像是原本阴雨连绵的天空，一下子放了晴。

这些天来，我的心情都很好。不过大概是因为一切都很顺利，老天爷觉得好事必须得多磨，所以在这欢快的节拍中，要加进来一些杂音。

我知道我和伊夏走得近，有一个人一定会来找我。

事实上她的确来找我了。

那是社团活动结束，我回寝室的时候。和上次见面一样，伊秋还是在半道上拦住了我。想知道我的时间安排其实并不难，轻易一打听就知道了。

她明显来者不善，想想真是好笑。不知道她是真傻还是被愤怒冲昏了头脑，上次她来找我，明明还说着希望我给伊夏幸福这种话。而且还给我一只水晶发卡，让我送给伊夏。

那个发卡至今还在我寝室放着，因为我知道，或许那个会起到相反的作用。

现在想来，她鼓励我继续缠着伊夏，大概是想看着她痛苦吧！

可是，这个世界上，哪有姐姐会因为一个外人而这样憎恨自己的亲妹妹呢？

我没有这样的兄弟姐妹，所以我无法对她的事情感同身受。

"谢谢你的鼓励，因为有你的鼓励，所以我才没有放弃你妹妹，现在我们已经开始交往了。"我先发制人地笑着说道，"姐姐你来找我，是来恭喜我的吗？"

她的脸色顿时就变了，愠怒地说道："谁是你姐姐？你不用拿这种话来刺激我，因为小夏是不可能和你交往的。"

"这种事情不是你说了算的吧。"我笑看着她，我知道，面对这样的人，表现得越激动，就越容易输，"伊夏要和谁交往，那是她自己的事情，就算你是她的姐姐，也没有权利干涉不是吗？"

"我不会让这种事情发生的。"她忽然笑了起来，只是那笑完全没有抵达眼底，"乔言，不是所有事情都会按照你想的方向去走的。"

"对了，你曾经给过我一只水晶发卡，让我送给伊夏是吧？"我不知道伊秋想做什么，不过无论她做什么，我都不会退缩，也不会掉进她的陷阱里。但是，所作所为的真实目的，我还是想知道。

"对，你送了吗？"她笑得十分不怀好意。

"被我不小心弄丢了。"我耸耸肩，撒了一个小谎，"所以我想问你，那只发卡，不是什么重要的东西吧？我弄丢了也没关系吧？"

"如果我说，那只发卡是顾白送给伊夏的，你要怎么办？"伊秋紧紧盯着我的眼睛，像是不想错过我的任何一丝表情，"伊夏知道你弄丢了对她来说很重要的发卡，应该会很难过吧！"

"我有没有和你说过一件事？"

我不太想听她继续说下去，她要做的事情其实很简单，我已经一眼看穿了。

她不过是想让我明白，在伊夏心里，顾白是永远都无法取代的。她将那只发卡送给我的时候，本就安了两种心思。假如我将发卡给了伊夏，那么伊夏就绝对不可能接受我。

因为那只发卡，是提醒她顾白存在过的最佳道具。如果我没有将发卡送出去，那么伊秋就可以直截了当地告诉我，那只发卡对伊夏的意义。

倘若我内心稍微软弱一点儿，这个时候一定会被伊秋牵着走，然后陷入纠结之中，觉得自己和死去的人没有办法去比。

但她不知道，从一开始我就没有想过要和顾白比什么。

"伊夏过去发生过什么，我实在没兴趣知道。顾白的事情，对我造不成任何影响。如果你是想让我和顾白去比在伊夏心中的地位，那么你一定是弄错了。"

伊夏心中，顾白是不一样的，这是永远都改变不了的事实。

我从未想过要去改变，也不想去改变。

因为在我喜欢伊夏的时候，她的眼睛就是为了顾白而闪闪发光的。

这是既定的事实，不能改变的。

"我没有想过让伊夏忘记顾白，我甚至会提醒她不要忘记。每个人十几岁的时候都会喜欢上那么一个人，不过时间久了，那段回忆就不会再是痛苦的存在。越回避越无法忘却，反而大大方方地面对，那些痛苦才会一点点地消失，最后总有一天可以坦荡地面对，甚至还会对那时候的经历莞尔一笑。"我缓缓地说道，"所以你如果是想破坏我和伊夏，那么我劝你不要继续了，因为那是没有任何意义的。"

她怔怔地看着我，眼中有一丝不甘，这也证明了，她的确没安什么好心来找我。

"她曾经是你捧在手心里呵护的妹妹，为什么一定要把她推向黑暗呢？"我始终不明白伊秋为什么要这么做，"仅仅是为了一个顾白吗？现在顾白已经不在了，你们之间不存在竞争了，为什么，你还要这么恨她？"

伊秋沉默了一阵，眼中闪过一道很复杂的眸光。

她没有回答我的问题，而是直接转身离去。

"她是我捧在手心里的宝，可她也是我的穿肠毒药。"风将这句话卷入我的耳中，我看着她的背影若有所思。

伊秋对伊夏，到底是怎样微妙的感情呢？

她的确疼爱她，也的确憎恨她。

只是现在看来，憎恨的情绪已经占了上风，或许连她自己都忘记了，小时候的她们有多快乐。或许我弄错了一点，伊秋对伊夏之所以会这样，顾白是原因，却并不是致命的原因。

或许在同时喜欢顾白之前，某种裂痕已经在她们之间存在了，只是谁也没有觉察到。顾白的事情，不过是个导火索，是让那藏在水面下的暗流，提前爆发出来的催化剂而已。

回到寝室，我从抽屉里取出那枚发卡，拿在手上反复地看了很久。顾白送给伊夏的发卡，为什么会在伊秋那里呢？

伊秋显然是不会收手的，她一定会做点儿什么。这枚发卡留在我这里，的确不太合适。看样子，这次还是要让伊秋算计到了。发卡一定要还给伊夏，我将发卡握在手心里。

我抓起手机，刚想给伊夏打电话，顾皎的电话就打了过来。

我愣了一下，自从那天我告诉他，我说服了伊夏担任班长之后，顾皎就没有怎么找过我了。

这一次，他打电话给我做什么呢？

怀着一丝困惑，我按了接听键，将手机凑近了耳边。

05

顾皎约我见面。

虽然我一直觉得顾皎不像大学老师，但总归来说没有做出什么不符合老师身份的事情。只是这一次，他约我见面的位置，是在学校后面的一家酒吧里。

站在酒吧外面，我有些想笑，有哪家老师会约学生在酒吧见面的？

推门进去，里面的光线有些暗，正在放着一首莫文蔚的老歌《盛夏的果实》。我一下子就想起来，迎新晚会那一次，我在人群里找到伊夏的时候，她就是听着这首歌在哭。

顾皎坐在沙发上，手里端着一杯鲜榨的橙汁，见我来，便招了招手让我坐下。

"喝点儿什么？"他问我。

"白开水就行。"我说。

他抬起头看了我一眼，镜片后面的狐狸眼略微弯了弯："喝点儿鲜榨的橙汁吧，对身体好。"

我顿时就被他逗笑了，他这口气，仿佛已经是个行将就木的老人。他从边上拿了个空杯子，拎起鲜榨的橙汁就给我倒了一杯，用两根手指的指背将杯子推到我面前："尝尝看，我亲手榨的。"

我端起来喝了一口，本以为橙汁是酸酸的，只是喝进去才发现，这橙汁里面绝对加了很多糖，甜得都有些发腻。

"味道怎么样？"他很期待地看着我。

我静静地看着他，一时间不知道该说什么好。

"你喊我来，不会就是为了让我评价你的果汁吧？"我开门见山地问道，不和他兜圈子，"特地把我约到这里来，是有什么重要的事情对我说吗？"

他后背靠进沙发里，缓缓地说道："主要是请你喝果汁，其次嘛，是有些事情想跟你说。"

"是关于伊夏的吧？"他和我之间，唯一的联系就是伊夏。

我一直想知道他和伊夏到底是什么关系，只是前段时间忙着去了解顾白，就暂时将顾皎的事情抛诸脑后了。如今也的确是时候弄清楚顾皎的八宝葫芦里到底卖的是什么药了。

他也没有否认，而是微笑着点了点头，然后用一副孺子可教的眼神看着我，就像是在说你很聪明，我没有看错你。

"一定要让伊夏当班长，是想给她找点儿事做，是这样吧？"只要一直在忙碌着，那么就不会有太多的时间去沉溺悲伤。

"嗯，你猜得没错。"他笑着说，"其实是这样的，这学期结束，我就要离开了。"

"这个学期？"我愣了一下，"再有几天就要期末考试了吧，为什么要离开？"

他指了指自己的眼睛，缓缓地说："因为眼睛出了点儿问题，我得再接受一次手术。"

"再接受一次？"我心中满是疑惑，"这么说，你之前已经接受过一次手术？"

他点点头说："对，不过好像出了点儿问题，需要再做一次。而且我觉得，我进入这所学校的目的已经达成了，这里已经没有什么是我能做的事情了，继续留在这里，用处不太大。"

我心中隐隐浮上来一个猜想，他叫顾皎，而伊夏喜欢的人叫顾白，他们之间会不会有某种关系？

但伊夏和顾皎明显之前并不认识，所以他应该不太可能是顾白的亲戚，别忘了顾白还有个表妹苏馨雅，假如顾皎和顾白是亲戚，那么苏馨雅也不可能不认识的。

如果不是亲戚关系，那么他们之间的联系是什么呢？

"你认识顾白吗？"想不透，我直接问出了这个问题。

顾皎的表情没有一丝波动，听我提起顾白他并不惊讶，这说明他的确是认识顾白的。

"不用猜，也不用问了。"他笑着说，"我来告诉你，我出现在这所学校的原因，以及你一直想知道的，我为什么对伊夏的事情这么在意。"

他端起面前的果汁杯，一口气全部都喝掉了，然后慢慢地跟我讲了一个故事。

故事的主人公当然就是他自己。

去年六月份的时候，顾皎的眼睛被一块玻璃扎伤了，医生说需要做眼角膜移植手术，但是那段时间一直找不到合适的眼角膜。

直到有一天，他住的那家医院来了一个出了车祸的病患，那是个十几岁的少年，伤在心肺，那样重的伤势，其实是救不活的。顾皎说到这里，我就明白了故事的全部。我一直不知道顾皎和顾白，到底在什么地方产生的交集。

如今听到他说到这里，我已经全然明白了。

果然他接下去的话印证了我的想法。

顾白将眼角膜捐给了顾皎，但是在捐之前，他和顾皎说了一些话。

他要顾皎答应他做一件事，那就是等他出院了，帮伊夏从痛苦中走出来。

车祸那一刹那，顾白看到了伊夏，看到了她眼中的巨大悲伤。他知道如果他就这么死了，伊夏会自责，很多人都会把错归在伊夏身上的。但是顾白不想这样，他不想伊夏因为他的缘故，变成一个再也不会微笑的女孩。

"如果可能的话，替我照顾她，如果你不方便，那么找个人照顾她。"这是顾白对顾皎说的最后一句话。

顾皎做完手术，花了一个月的时间康复，出院之后他做的第一件事情，就是去往顾白告诉他的，他们打算去的那所大学应聘。也是巧，学校正好在招人。他的资历进入那所大学绰绰有余，校方很欢迎他来，于是他就变成了伊夏的辅导员。

"为什么会选中我？如果你调查过伊夏，就该知道她身边还有个陈朗不是吗？"我终于明白，他为什么总是会把伊夏的行踪告诉我，为什么他总会待在医务室偷懒。

他眼睛才做手术没多久，肯定还是需要后续治疗的吧。

"的确，但我说过，温声细语喊不醒一个沉睡的人。陈朗太谨慎，对伊夏来说，陈朗不适合。"顾皎说，"然后无意间我就发现了你。你就像打不死的小强一样，任何拒绝的话语对你都造不成什么杀伤力。"

"所以是因为我脸皮厚吗？"我忍不住想笑。

他想了想说："倒也可以这么说。不过这么长时间观察下来，你的确是个靠得住的少年，我做不到的事情，你做到了。伊夏改变了，站在她身边的，无论未来是不是你，至少现在应该是你。"

"未来一定也是我。"我笃定地说道。

"我和伊夏还有顾白，并没有什么复杂的故事。我只想在离开之前，将这些前因后果告诉你，哦，对了，还有一件事差点儿忘了说。"

我手下一顿："什么？"

"顾白喜欢伊夏，那天他去站台和伊夏会合的时候，原本是打算对她表白的。他车祸的时候，无声地对她说了一句喜欢你，只是并没有传达给她。"顾皎静静地看着我，镜片闪过一道光，我看不见他此时的眼神。

并不是没有觉察到这一点，之前苏馨雅模模糊糊地跟我说过顾白喜欢的人，就在伊夏和伊秋之间，只是为了平衡所以什么都没有说。

我也猜到顾白喜欢的是伊夏，可是真正从顾皎嘴里得到确认，还是让我有些失神。

他应该很喜欢伊夏吧，不然也不会在最后的最后，和顾皎说的所有话题全都是关于伊夏。

他喜欢看到大家在一起，可是人的关心哪里有那么多呢？于是在生命的尽头，其他人都显得若有若无，只有那个像夏天一样可爱的姑娘，是他唯一的牵挂。

顾白，我果然还是小看了你。

第九章 CHAPTER 09

Waiting For The Summer Snows

【伊夏·小寒】

回忆像是会令人痛不欲生的刑罚，但我仍然愿意微笑赴之。

因为，回忆里，有我最舍不得的，你的笑脸。

01

一旦目光不再只看到黑暗，日子就过得快了起来。

大一结束在酷热的暑假，收拾东西回家的那天，馨雅看上去有些不对劲。事实上从清明节开始，馨雅就变得有些怪怪的，总是无意识地发呆，看着我的眼神也有些奇怪。

收拾东西的时候，我一不小心碰掉了我放小东西的小铁盒，顿时很多东西都掉了出来，落在地上的还有那张我们五个人的合照。

馨雅比我更快地蹲下身来，捡起照片却没有站起来。

她就这样握着照片一直看，一直看。

我在她面前蹲下，轻声地问："馨雅，怎么了？"

"没怎么啊！"她忙将照片递给我，冲我笑了笑，只是那个笑容明显就是强行挤出来给我看的。

"这段时间，总觉得你不太对劲。"这么多天来，我一直想问问她到底怎么了，只是一直没有机会，"是不是发生什么事情了？馨雅，我们不是好朋友吗？如果有什么困扰，你可以试着跟我说啊！"

馨雅没有看我的眼睛，搪塞道："真的没什么，刚刚就是忽然想起我们五个人以前在一起的日子了。"

"你骗人。"她明显在说谎，其实每个说谎的人，都很想有一个人来戳穿自己的谎言吧。

有些谎话说得久了，连自己都相信了，就像我曾经骗自己，只要我一直不快乐，只要我拒绝所有人靠近，我就能够偿还我对顾白的亏欠。

可是其实不是这样的，在我全部的伪装被乔言敲碎的时候，我其实是松了一口气的。

"不要问好不好？"馨雅的眼神有些落寞。"小夏，什么都不要问。"

"不行，一直以来都是你在保护我，是你在陪伴我，我不能放任你不管。"我说，"到底发生了什么事情？"

馨雅双腿一软，坐在了地上，她的手无意识地捏成了拳头，说："小夏，我好像有喜欢的人了。"

我愣住了，随即反应了过来："这是好事啊，有喜欢的人，不是一件快乐的事情吗？"

她看了我一眼，眼神里藏了很多心事，苦笑了一下说："如果我喜欢的那个人也喜欢我，当然是一件快乐的事情。但是小夏，如果那个人喜欢的不是我，还会是好事吗？"

"有喜欢的人了啊！"我愣住了，我没有想过这样的可能性，"那他和喜欢的人交往了吗？他喜欢的人也喜欢他吗？"

"没有开始交往，但是他喜欢的人应该也是喜欢他的吧。"馨雅说，"很奇怪吧，喜欢上一个注定不会有结果的人。"

"不是还没有交往吗？"我并不认同她的想法，"喜欢就去追啊！馨雅，你从来都不是一个会犹豫的人，为什么这一次反而变得胆小了呢？还没有交往，一切都说不准的。"

"你说的我都知道。"她轻声说，"可是小夏，如果我那么做了，他喜欢的那个人要怎么办？"

"可以公平竞争不是吗？"我说，"和他喜欢的那个人公平竞争。"

馨雅身体猛地一僵，她的手微微有些颤抖，过了好一会儿才说："别开玩笑了，小夏，这世上哪里有那么多的公平可言。他喜欢那个人，这本身就不是一件公平的事情不是吗？而且……"

而且什么，她没有继续说下去。

她从地上站了起来，然后留下一句"我想出去走走"，就反手关上了寝室的门。

剩下我一个人蹲在地上发呆。

手中的照片上，馨雅笑靥如花，永远不知道忧愁是什么样子。

看样子，还是那句话说得对，所有的不快乐，都来自于求而不得。

馨雅喜欢的那个人是谁呢？为什么我从来都没有觉察到馨雅已经有喜欢的人了？

清明节的时候，她在顾白的墓前会说出那样的话，也是因为喜欢的那个人吗？我努力回想了很久，始终想不出个所以然来。因为馨雅平常很多时候都和我在一起，这期间我想不到有什么特别的男生出现过。

馨雅你到底喜欢上了一个什么样的人啊？

然而还没有来得及弄清楚馨雅的事情，已经消停了好几天的姐姐伊秋，又一次找上了我。

那是暑假在家的某一天，盛夏的午后总是会引来一场暴雨。

我本坐在电脑前和馨雅聊天，姐姐推门走了进来。她来的时候，手里端着一个盘子，上面放着两片切好的西瓜。

其实姐姐不来找我，我也一定会去找她的，因为想要让大家重新回到曾经亲密无间的关系，我一定要解除姐姐对我的憎恨。

只是我还没有想好要怎么做，姐姐就先来找我了。

她来的时候，脸上的表情淡淡的，我看不出她是高兴还是生气，她的喜怒哀乐，我现在已经辨不清了。

"聊聊吧。"她把西瓜放在我面前，自顾自地在我房间里放着的懒人沙发上坐下。我双手离开键盘，转过身看着她。

她这样心平气和地和我说话，已经是很久没有过的事情了。

"好啊。"我冲她微微笑了一下，"聊点儿什么呢？"

"聊聊乔言吧。"她轻声说，"你之前信誓旦旦地说，绝对不会和他在一起的事情，你自己还记得吗？"

我点点头说：“我记得，你放心，我一定不会接受他的，我们现在……只是好朋友的关系。”

“呵呵，好朋友啊！”姐姐明显不相信我，“我记得你说过，你会用一辈子去赎罪的，可是你明明变得快乐起来了，不是吗？”

“是。”我不否认，我点头说，“那是因为我知道到底怎样做，才是顾白希望看到的。他还活着的时候，努力地让大家在一起，如果他看到我们现在这个样子，一定不会安心的。”

“少自以为是了！”她低喝道，“你为他守一辈子，他才会开心。”

“不是的。”我反驳道，“顾白那样的人，不会抱着那种想法的。姐姐，你如果真的了解他，就不会说出这种话了。”

“你都知道什么啊！”她脸色蓦地一变，表情变得有些狰狞，“你知道吗？那天早上，他被你的电话叫去之前，我向他表白了，他已经接受了我，他喜欢的人是我。所以在这个世界上，最了解顾白的人是我，不是你！”

“或许吧。”这种事情她已经在我耳边反反复复说了很多遍。这么长时间，她俨然以顾白女朋友的身份在责怪我、讨伐我，像是顾白的代言人一样。

但是伊秋，就算你说的是真的，这一次一定是你错了。

我一定会找出证据，让你相信是你错了。

02

“姐，停止吧！”我叹了一口气说道，“如果顾白知道因为他的死，我

200

们会走到这样水火不容的地步，一定也不会快乐的。"

"没有办法停止的。"她站起来，冷冷地看了我一眼，"要么我死了，要么你死了，否则我们之间的关系，是不可能缓和的。"

"为什么？"我不明白，"小时候，我们明明那么快乐，为什么一定要这样？我们是亲姐妹不是吗？"

"是啊，我们是亲姐妹。"她点点头说，"如果那时候不带你去见顾白就好了，如果你没有跳级和我念同一所学校就好了。"

她浑身都在发抖，眼神冷若冰霜，她咬牙切齿地说："那样我一定还是个好姐姐，可是现在回不去了。伊夏我们已经回不去了，从人们将我们放在一个水平面上去比较的那一刻开始，我们就永远不可能是那种天真的姐妹关系了。"

她说完不再看我，转身走出我的房间，悄无声息地关上房门。

是吗？

原来在我决定跳级的那一刻，我们就已经回不去了啊！

我的眼睛涩涩的，涨得难受。

她说，要么我死了，要么你死了，否则我们之间的关系，是不可能缓和的。

原来我们之间已经是这种不死不休的关系了吗？

姐姐不擅长念书，这种事在我很小的时候就知道，可是在我的眼里，姐姐仍然像个英雄一样。我总是跟在她身后，憧憬着她的背影，想成为姐姐那样的人。

可是，后来呢？

后来，我变成了姐姐，姐姐却变成了我。

这不是我想要的，如果时间可以倒退就好了，在那个蝉鸣唧唧的午后，我一定不会让姐姐载我去图书馆的。

没有遇见，便不会有奢望，我还会是安安静静跟在姐姐背后的小女孩。我们都会好好的，哪怕毫无交集，但至少我们都好好的不是吗？

想要让一切回到最好的时光。

可是，如果不能逆转时光，那就只能改变现状吧！

我心中浮上这一个念头，总是想着如果怎么样就好了的人，永远不可能往前走的。

我已经哭够了，已经在黑暗中待得够久了，久到我不想再继续下去了。

我希望明年的这个暑假，我们还活着的四个人，可以用微笑的表情面对彼此，可以在清明节去探望顾白的时候，带上最好的表情过去。

这么想着，我跑到电脑前面，给馨雅发了一个消息。

我说："馨雅，喊上陈朗，我们去约会吧！"

一直都只是想让大家回到曾经，却什么都没有做，这样是不行的。

盛夏时节，约会的最好去处当然是水上乐园。约好的那天，我试着敲了敲姐姐的房门，可惜她没有吱声，也不知道是不在家，还是不想理我。

叫不到伊秋，我就自己换好鞋出门了。

抵达水上乐园的大门口时，馨雅和陈朗都已经到了。

其实喊陈朗的时候，我的心里有点儿微妙的感觉。之前他忽然对我表白，我还没有给他答案，他后来也没有和我说什么。那件事情就好像从未发生过一样，我逃避了几个月没去想。

可是，现在想来，那样做是不对的。我不能因为害怕拒绝之后他会不再是我的朋友就什么也不说，我想好了，今天一定要找个机会告诉他我的想法。

我想要我们之间的友情，坦坦荡荡，没有一丝一毫的隐瞒，或者一丝一毫的委屈。变了质的东西，统统都丢掉，到那时候，我们一定会和好如初吧！

"我还说要早点儿来的，每次都是你们先到呢。"我有些不好意思，"走吧，我们先进去换泳衣吧。"

"大热天的出来玩，小夏，你知不知道夏天就应该窝在家里吃西瓜、吹空调啊！"馨雅抱怨道，"下次我可一定不会出来陪你疯了。"

"下次再说嘛。"我笑了一下说，"走吧，我们好久没有这样在一起玩了吧。"

馨雅微微愣了一下，她看了我一眼，张了张嘴想说什么，不过最后却什么都没有说。

去更衣室换了衣服，穿上泳衣跳进水里，顿时感觉一阵清凉。

馨雅一开始还抱怨，但是下了水玩得比谁都疯。

中场休息的时候，我进洗手间洗脸，在走廊里，正好遇到了去自助贩卖机买饮料的陈朗。他看到我，冲我笑了笑，将饮料递给我，自己重新买了一瓶。

我看着手中的饮料，说："陈朗，我还欠你一个答案吧。"

"没关系，永远都不告诉我也没关系的。"他轻声说，"因为我已经知道你的答案是什么了。"

"可是我还是想亲口告诉你。"我不能就这样什么都不说，不能因为他说不需要答案，就真的不给他一个答案，"我一直都当你是很好的朋友，你知道吗？其实这些天，陈朗你的事我也有在想。"

"我一直觉得自己很糟糕，可是这么糟糕的我，却被你喜欢，真的很感谢。"我偏头看了他一眼，我说，"我们可以重新做回好朋友吗？就像当初刚刚认识的时候一样。"

他的嘴角微微扬了扬，眼睛里眸光很温润，他伸手按了按我的头，说道："说什么傻话？我们不是一直都是好朋友吗？"

"嗯！"悬在我心中一直记挂着的一件事情，终于完美地落幕了。不管怎样，至少我们还是朋友，至少一切没有被我弄糟糕。

陈朗揉了揉我乱七八糟的短发，拎着饮料走开了，我深呼一口气，转身打算继续去洗脸，然而走了几步，我就看到一个人后背贴着墙壁站着。

"馨雅？"我有些吃惊，"你不是在水池那边的吗，怎么跑这里来了？"

"嗯，来上洗手间的。"她盯着我的眼睛问我，"陈朗对你表白了对吗？"

我这才反应过来，我没有告诉馨雅这件事情，因为我不知道该怎么说才好，越是熟人，越是开不了口。刚刚我和陈朗的话，她一定都听到了，否认的话，就太假了。

"是的，他忽然对我说他喜欢我。"我说，"对不起，没有告诉你这件事情。"

"你不用说对不起的。"她忽然松了一口气，像是有什么一直困扰她的问题，忽然之间消失了一样。

"因为我也有事情瞒着你。"她看着我说，"我上次告诉你，我喜欢一个人，我没有告诉你，那个人的名字，叫乔言。"

03 🌸

我怀疑自己是不是听错了，因为她对我说，她喜欢的那个人，名字叫乔言。

"你没有听错。"她缓缓地说，"决定告诉你，我也考虑了很久，并且也困扰了我很久。我无数次质问我自己，为什么会喜欢乔言。可是小夏，不知道你有没有这样的经历，越不想动心，越管不住自己的心。尤其乔言，是那样好的一个男生。"

"所以那天你对我说，根本不存在所谓的公平竞争。你后面没有说出来的那句话，是什么？"到现在我才明白，馨雅的种种不对劲到底是怎么回事。

其实和陈朗一样，他们的感情并非来得毫无预兆，是我没有注意，或者说从未往那方面去想。馨雅见到乔言就像变了个人一样，总是充满了火药味。这并不是说她讨厌乔言，而是她在意他，可是我没有能够注意到这一点。

"没有说出来的那句话，你现在应该能够明白吧。"她笑了笑说，"根本不会存在什么公平竞争的，乔言喜欢的人只有你，而且我也不想成为一个坏人，横在你和乔言中间。我有想过这种可能性，可是那种结果不是我能够承受，也不是我想要的。所以还是算了吧。"

我有些意外："还没有尝试就放弃吗？这可不是你的风格。"

"为了你，为了乔言，我做了太多不是我风格的事情了。"她淡淡地说，"比如说，在他找不到你的时候，发短信告诉他你在图书馆。比方说在他问我顾白的事情时，把我们的故事告诉他。我不是喜欢多管闲事的人，可是你们的事情，我却没有办法不管。"

"馨雅。"心中有一股说不清的滋味浸满我的心扉，为什么要做到这种地步啊？

"不用觉得感动。"她摆摆手说，"我只是不希望自己的好朋友难过，而且抢朋友喜欢的人这种事情，太差劲了，我才不会让自己变成自己都唾弃的那种人。所以别乱感动，我不只是为了你，我是为了我自己。"

"馨雅！"我扑上去抱住她，"果然还是馨雅最好了！"

"喂喂喂！"她叫着推开我，可是我抱得很紧她推了几下没推开，也就随我去了，她嘀咕了一声，"都说了，别乱感动了。"

觉得今天约馨雅和陈朗一起出来玩真的太好了，心情前所未有的好，我的心中充满了勇气，我觉得现在的我，一定能够让姐姐和我回到曾经的单纯美好，只要有人站在我背后，我一定能够无往不利，所向披靡！

在水上乐园疯玩了一天，回到家的时候，姐姐还是不在家，爸妈都出差了，所以家里就只有我和姐姐两个人。现在姐姐不在家，就显得整个家里冷冷清清的。

我上楼进了自己的房间，才推开门就发现房间里满地狼藉，里面乱七八糟的，就像是进了小偷一样。

我走到书桌前，一眼就看到了我们五个人的合照被人用刀子割得支离破碎，原本雀跃的心情，在这时候一下子冷却下来。

"姐姐！"我飞快地转身跑了出去，我生气了，一直以来姐姐变成了这样，我都觉得她只是接受不了顾白的死，我都不曾生气过，可是看着这满地的狼藉，看着那张支离破碎的照片，我感觉到我心中的怒火在燃烧。

因为愤怒，我整个人都颤抖起来。

有些事情可以被原谅，可是有些事是不能的！

那张照片是我唯一仅有的一张五个人的合照，就算顾白不在了，我也想让剩下的人，和照片上一样，露出发自内心的笑容。

可是她在我觉得自己有足够的力气将她拉到阳光下的时候，毁掉了我最珍视的东西。

我用力推开姐姐的房门，可是里面空空的，没有人在。

"伊秋，你给我出来！"我已经愤怒到了极点，"你为什么要这么做？为什么一定要毁掉我珍视的东西？你若不喜欢我，可以揍我，可以骂我，可是你不能做出这样的事情！"

然而整个屋子里，只有我的声音，尖锐刺耳，伊秋不在这里。

我推开家门跑了出去，伊秋做完这种事情，她不在家里，只有一个地方可以找到她。

我出门拦了一辆出租车就朝着顾白的墓地去了。她一定就在那里，她是我的姐姐，这个世界上最了解她的人，一定是我。

二十分钟后，出租车停了下来，我付了钱下了车，这个时候已经是黄昏，空气里燥热感已经消退了不少。

我直接往里跑，果然，在顾白的墓前站着的人就是伊秋。

我一口气跑过去，然后我揪住她的手臂拉着她转身。我抬起手狠狠地甩了她一个耳光，我浑身还在瑟瑟发抖，这一次不是因为害怕，而是因为愤怒。

"你太过分了！"我喝道，"你为什么要那样做？"

"因为我讨厌你！"她很理直气壮地冲我吼道，"凭什么你害死了顾白还能得到全世界的原谅！我告诉你，我不会原谅你，其他人应该憎恨你的那一份，由我来恨你！"

"你说谎！"我直觉不是这样的，她总是说她恨我，恨我害死了顾白。因为说的次数太多，以至于我开始怀疑她的话。她真的是因为这样，所以才这么憎恨我的吗？真的只是这样吗？

我有种直觉，她在逃避着什么。

"伊秋，你真的只是因为这样，才做出这种事的吗？"我盯着她的眼睛问，她被我看得久了有些不自在地偏开了头。

"在顾白面前，就在这里，你告诉我，真的只是因为这样，就将全部的亲情友情全部都丢掉的吗？"我不相信作为我的亲姐姐，是最不能原谅我的人。

馨雅、陈朗，他们每一个人都比伊秋更有资格恨我，可是他们都没有，相反是他们站在了我的身后，告诉我，我们永远都是好朋友。

偏偏是我最亲近的人，总是在我稍微能够喘口气的时候，再次将我按进水中，要让我一直活在痛苦之中。

"你走开！"她忽然一把推开了我，飞快地朝前跑去。

"你别走！"我伸手想要抓住她，然而她跑得很快，我只抓到了自己颤抖的指尖。

果然，伊秋刚刚在心虚，我没有猜错，是什么事情呢？除了这些事情之外，还发生过什么？我努力地想要想起来，可是任凭我怎么努力都想不出什么蛛丝马迹。

不过未来的日子还有那么长，总有一天我会找到伊秋变成这样的真正原因。

04

回到家，伊秋的行李箱不见了，她给我留了张字条，说是去乡下姥姥家住些日子。

她在逃避我，果然！我今天的问题让她慌了神。

我将房间收拾好，找到透明胶带，将被伊秋毁掉的合照一点点地粘起来。做完这些事情，月亮已经入了窗口，今天是月中，月亮又大又圆。

我坐在窗户边上，一手托着下巴，看着那轮圆滚滚的月。

其实这样看来，伊秋会心虚，会逃避我，这应该是一件好事吧，至少说明她的心没有彻底地关上，还有一道缝隙。只要我继续下去，总有一天我能够将回忆里的那个伊秋，从沉睡之中拉出来的。

就像是乔言，将黑暗中的我，从沼泽拉到人间一样。

多幸运，我遇到了一个乔言。

想到这里，我拿起手机，正打算给乔言发条信息谢谢他，他的电话就打了过来。

我怀疑是不是我自己看错了，仔细看了一下才发现我没有看错，这通电话的确是乔言打来的。

"晚上好啊，伊夏。"电话那头，乔言的声音清脆无比，听上去心情很好的样子。

"晚上好。"我的手无意识地揪着窗帘的边角，"刚打算发个短信谢谢你，你电话就打来了。"

"真的吗？那我们真是心有灵犀啊。"他笑着说，"明天有空吗，我们见个面吧。"

"有什么事情吗？"我问。

"没有事情就不能和你见面吗？这是什么道理？"他低笑道。

我想了想，决定答应他的邀请："约在哪里？"

"图书馆吧，离你家最近的那一个。"他说。

"好。"图书馆离我家的确很近，想到图书馆我有些出神。

五年级的时候，就是姐姐载我去图书馆，我才会遇见顾白他们。算起来，那里就是一切孽缘的开始吧！原本既定的轨迹，就是从那个时候开始扭曲的。

挂掉了电话，我洗了个热水澡，然后躺在床上。很多事情涌上脑海，快乐的，不快乐的，走马灯一样从眼前掠过。

之所以答应乔言的邀请，是因为有些话想要对他说。

想了很久，我的确没有沉沦在过去之中了，但是这不代表我就彻底放下了那些事情。这样的我，是没有办法和乔言在一起的。

我不否认我的确为他心动，毕竟老实说，那样的男生很容易让人喜欢上，尤其是他默默地追在我身后那么久。

想着这些，不知道什么时候，我就睡着了。

我似乎做了一个梦，梦见小时候我和姐姐去买东西。那个小卖部里有一个非常好看的头花，我和姐姐都很喜欢，可是头花只有一个，最后姐姐将头花戴在了我的头上。她牵着我的手，昂首挺胸地往回走，好像戴了那朵花的人是她一样。

第二天醒来，心里有些闷闷的。

是因为和姐姐吵架了吗？以至于总是在想着有关于姐姐的事情。

刷了牙洗了脸，关上家门下了楼，在早餐店里吃了早餐，我拦了一辆出租车去往图书馆。

图书馆离得不远，起步价就到了，出租车路过那个音像店时，我趴在窗户上朝外面看了一眼。

那家音像店早就不在了，取而代之的，是一家蛋糕房。前几天我去买过一次，蛋糕很好吃，不知是不是因为夹带了一些美好的回忆，所以吃完了之后，那味道让人很难忘却。

出租车开得很快，路过蛋糕房的时间也不过是几秒钟而已。

抵达图书馆的时候，时间的指针指在了早上八点半。

夏天的太阳热辣辣的，才八点多就已经开始觉得热了。走进图书馆，里面开着空调，才进去就感觉到一股沁人心脾的凉爽。

乔言还没有到，我找了个显眼的位子，拿了今天的报纸坐下来边等边看，等了大概十分钟的样子，乔言就来了。

"我以为你会拒绝我的邀约呢。"他笑着说，"我还想，你要是拒绝见我，我就去你家楼下拿个大喇叭喊你呢。"

"这倒的确像是你会做的事情。"我忍俊不禁地笑了起来。

"别动。"他忽然说了一声，我被他吓了一跳，以为身后有什么东西，却见他从口袋里翻出手机，对着我"咔嚓"一声，然后他笑着说，"好了，这个表情好，我要做手机桌面。"

"喂，谁允许你用我的照片做桌面了？"我想抢过他的手机删掉那张照片，奈何手臂没他长，被他轻而易举就躲开了。

"用喜欢的人的照片当桌面，这种事情我自己允许了就可以嘛。"他嬉皮笑脸地将手机揣进口袋里，那架势是肯定不会让我碰到他的手机了。

"那个，乔言，我想我必须和你说清楚。"看着他这个样子，我心里其实有一些愧疚，"我可能好几年内都不会接受任何人。"

　　"一辈子这么长，等你几年我还是等得起的。"他耸耸肩，一副完全不在意的样子，"我知道你放不下，我会等你，等到你愿意再接纳一个人的时候，不过那个人只可以是我。"

　　"不是的。"我不知道该怎么对他说。

　　"什么也别说。"他打断我的话，"我只问你一句话，你喜不喜欢我？哪怕只是一点点，你有没有对我动过心？"

　　他很认真地看着我，我想要转过头，他眼疾手快地伸手捧住我的脸，逼得我不得不看着他的眼睛。

　　"有没有，哪怕只是一点点？"他又问了一声。

　　我很想对他说谎，可是我说不出口，最终我无奈地叹了一口气："你知不知道？你其实是个很有魅力的男生。"

　　"嗯嗯。"他一副事实就是如此的样子。

　　我觉得好气又好笑："所以让人不喜欢你，是一件很难的事情。"

　　"虽然说得很不坦率，但是你喜欢我，这就足够了。"他松开手，笑得很开心，"我愿意等你，等多久都没关系，你以为我这辈子，动心一次很容易吗？"

　　"可能要等很久很久。"我眼圈有些发热，这个人永远知道说出什么样的话能让我感动，"或许要等到夏日里下雪、冬天里开百花、沧海变成桑田的那一天。"

　　"不就是等夏日雪、冬日花、沧海田吗？"他扬了扬嘴角，微笑着说，"我等得起的。"

05

图书馆里人很少，大概是因为时间还早的缘故。

"你还没说，到底是为了什么事情特地喊我出来的？"我可不相信他说的，只是想见我所以喊我出来的话。

他想了想说："我觉得这件事情，把苏馨雅还有陈朗一起叫来比较好。"

我有些意外，是什么事情，会让乔言想要让那两个人都过来。

"很大的事情吗？"

他点头说："对你们来说，应该是一件大事。"

"好，你等一下。"我说着，拿出手机，给苏馨雅还有陈朗打了一通电话。

苏馨雅接起电话把我骂了一顿，因为我扰了她的清梦，不过最后还是问了我地点。

"在说这件事之前，有一件事我单独告诉你。"乔言说。

我看他这么神秘兮兮的样子，好奇心都被吊了起来："到底是什么事情？"

"顾皎已经辞职了，大二开始，你们会有新的辅导员。"他说。

我有些惊讶，顾皎辞职的事情并没有跟我们说，但是不在我们系的乔言提前知道了。

"顾皎在走之前，告诉了我一件有关于顾白的事情。"乔言缓缓地说着，"我觉得还是告诉你比较好，另外——"

他说到这里，从口袋里翻出一样东西递到我面前。我愣住了，那是一枚水晶发卡，是上初中时，顾白送我的那枚水晶发卡。当时我为了戴上这只发卡，将头发留到了及腰的长度。顾白出事那天，我就是戴着这枚发卡去见他的，后来这枚发卡不知道去了哪里。

"为什么发卡在你这里？"我不解地看着他。

乔言将发卡放进我的手里，柔声说："这次要保管好，不要再弄丢了。先不要问我发卡为什么会在我这里，我先告诉你关于顾皎的事情。"

"我在听。"我意识到他可能要和我说一件很了不得的事情。

"顾皎是为了你才进入我们大学的，他从一开始的目的，就是想接近你。"乔言用很淡定的语气，说了一件让我目瞪口呆的事情。

顾皎为了我进入我们学校？

为什么我不记得我认识他？

不对，我敢确定我不认识他。

"我知道这很不可思议，在我刚刚听到他这么告诉我的时候，我也同样觉得匪夷所思，可是到最后你会觉得这一切都是顺理成章的。"乔言的语气很平静，"顾皎的眼睛受过伤，需要做眼角膜移植手术，而就在那时候，医院送去了一个出了车祸的病人。"

"是顾白！"我低喝一声，已经不用再说下去，我就能够明白很多事情了。

一定是顾白将眼角膜给了顾皎。

"是，是顾白。他将眼角膜给了顾皎，但是让他帮忙做一件事。"乔言说到这里，停了下来。

"你快往下说啊！"顾白是让顾皎去找我的吗？为什么，为什么是我，而不是我姐姐？

"他害怕你陷入悲伤中走不出来，害怕你自责，所以让顾皎去找你。伊夏，最后的最后，顾白想要救的，只有你一个人而已。"乔言继续说了下去，"他那时候在车祸现场，想要和你说一句话的。"

脑海中浮现出那天的情景，顾白被一辆大型卡车撞飞出去，他浑身都是血地倒在地上，但是他一直看着我，他嘴巴动了动，无声地对我说着什么。

是什么呢？

我努力地回想，可是那时候因为害怕和难过，我的记忆都变得有些模糊。

"他想对你说，他喜欢你，只喜欢你。"在我绞尽脑汁怎么想也想不出来的时候，乔言轻轻地在我耳边说了这样一句话。

"轰——"

脑中仿佛炸开了一声闷雷，他在说什么啊？

顾白喜欢我？

怎么可能呢？他明明接受了姐姐的表白不是吗？

"不用怀疑，这是顾白亲口对顾皎说的。"乔言看出我的心思，尽管他的眼神有些纠结，但还是将这些事情原原本本地告诉了我，"其实我知道，告诉你这些，会让你更加无法忘记顾白，甚至会因此再次将我推开，但是我不想赢得那么狡猾，我不想连一个死去的人都害怕。"

"那个发卡，是你姐姐伊秋给我的。"他的声音很温柔，有种让人安心的力量，"她将这个拿给我，想让我送给你，大概是想让我们之间因为顾白而产生矛盾吧。不过我想来想去，这个发卡，还是交给你保管比较好。"

"谢谢。"我将发卡握在手中，放到心脏的位置，"谢谢你，乔言。"

谢谢你不曾隐瞒我，谢谢你将这些告诉我，谢谢你。

"最后，顾皎还让我给你带一句话。"乔言伸手揉了揉我头顶的发，"不要后悔与任何一个人相遇。无论是谁，出现在生命里一定有他的意义。"

我呆呆地望着他，不要后悔与任何一个人相遇吗？

我瘪了瘪嘴，我曾后悔与顾白相遇，想着要是不曾见到他就好了。

我为什么要后悔呢？

遇见顾白，喜欢顾白，这是一件多么美好的事情，为什么要后悔呢？

"对不起。"我看着掌心里躺着的那枚发卡，低低喃喃地说，"对不起，顾白，我曾后悔与你相遇，对不起。"

"别哭。"乔言用手擦了擦我的眼睛，"这种时候，应该微笑不是吗？在最后的时刻，顾白记挂的人只有你，为了让你快乐起来，他让顾皎来到你身边。"

"我果然还是……最喜欢顾白了。"眼泪根本擦不掉啊，越擦流得就越多，怎么也停止不了。

果然，最喜欢顾白了。

"第一个喜欢上的人是顾白，真的太好了。"我抬起头，对着乔言笑了起来，"乔言。"

"嗯？"他静静地看着我，我从他的瞳孔里，看到了我泪流满面的脸。

"那天遇见的人是你，真的太好了。"他的瞳孔迅速放大，不可思议地看着我。

"你……"他很吃惊。

我轻轻点了点头，直到现在我才明白，为什么在校园里第一次见到乔言就有种似曾相识的感觉。

也是这个时候我才知道，为什么他会那么轻佻地来跟我搭讪。

我想起来了，顾白出事那天的全部事情，我都记起来了。

那天我因为巨大的悲伤和惊吓无法动弹，我站不住差点儿摔在地上，有一个人接住了我，那时候我泪眼模糊根本看不清那个人的脸，甚至他对我说了什么我也不知道，但是现在，在他告诉我顾白最后跟我说的那句话的时候，原本混沌的脑海一片清明。

于是在去年暑假，乔言与我真正的初遇，清晰无比地浮现在了我的眼前。

真的太好了，乔言！

那个人是你，真的真的，太好了！

第十章 10

CHAPTER

Waiting For The Summer Snows

【乔言·惊蛰】

告别的风，从最寒冷的西边来，吹起雪花，凝结眼泪，带走一切爱与恨。

如果可以，下一世，我愿与你重逢在冰雪消融、春暖花开的季节。

01

她说，乔言，那天遇见的人是你，真的太好了。

只是一句话而已，却让我的鼻子猛地一酸。这么长时间来的守护与陪伴，她终究是看在了眼里，记在了心里。

只为了这句话，伊夏，我就愿意等你等到夏天下大雪，等到冬天开百花，等到日夜颠倒，等到海枯石烂。

苏馨雅和陈朗来得并不慢，他们见伊夏在哭，都纷纷把目光投到我的身上。

"喂，你是不是欺负小夏了？"苏馨雅每次见到我都是怒气冲冲的，这次也不例外，"小心我揍你哦。"

"我没事，就是刚刚知道了一些事情，所以才会哭。"伊夏忙拉了苏馨雅一把，"是乔言喊你们来的，他说有些事情，你们来了再说比较好。"

"有什么事还需要我们也在这里？"苏馨雅不解地看着我。

陈朗从来到现在都没有说话，不过听伊夏这么说，便一言不发地抽了椅子坐下来，然后便耐心地开始等待了。

"这件事和你们都有关系。"我说。

觉察到这件事，是顾皎和我说了那些话之后。顾皎告诉我，顾白喜欢的人是伊夏，可是伊秋告诉所有人，那天她对顾白表白了，顾白接受了她，这之间肯定有一个是假的。于是那之后，我就开始调查顾白出事那天的事情，这一查，让我查出了一件很意外的事情。

我从放在边上的纸袋子里拿出一样东西放在桌上，那是一只手机，手机上满满都是裂痕。

"你们都认识这只手机吧。"我说，"顾白的手机，你们应该都不会陌生。"

"你怎么会有顾白的手机？"陈朗终于开了口。

"我只是想知道，顾白死的时候，到底还发生了什么。伊秋总说，顾白是被伊夏害死的，并且以此为由，一直在伤害伊夏。我觉得事情应该不是那样的，于是就稍微调查了一下。"

这只手机是我从顾白的哥哥顾非那里得到的，我找到他说明来意，他就将这只手机给了我。只不过这只手机坏得太厉害，我送到维修的人那里，足足过了一个月才修好。

"顾白会出事，如果有一个人一定要为此负责的话，那个人不是伊夏。"我一边说，一边在手机的按键上按了几下，"而是伊秋。"

"什么？"伊夏是最吃惊的，她甚至忘记了这里是图书馆，大叫一声站了起来，"这不可能！"

"你听我说完。"我说着，伸手拉了她一下，将她按回了座位上，"那天，顾白的确是和你约好在那边的站台碰面，但是那天早上他收到了伊秋的短信。"

我将短信的内容调出来放在伊夏的面前。

短信的内容是这样的：

"我的分数肯定没有办法和你们去同一所大学，怎么办啊，顾白？我好难过，我总是做什么都比不上妹妹，我是不是去死比较好？"

"顾白看到这条短信，就给伊秋打了一个电话，应该是伊秋说了什么，可能是想要寻死的话，顾白不放心，而这通电话的时间比较早，他可能觉得离和伊夏约好的时间还很早，所以就先去了伊秋那里。在那里，顾白应该安抚了伊秋好长时间。伊夏一个人在站台等，因为到了时间却看不到顾白，所以伊夏给顾白打了个电话。接到电话的顾白，应该是急着赶去伊夏那里，但是这个时候，伊秋对顾白表白了。但是顾白拒绝了她，坐车去和伊夏会合。伊秋早上应该是看到了伊夏在雀跃不已地精心打扮，打算赴约，所以猜测伊夏想对顾白表白，提前约了顾白出来跟他表白，没想到还是被拒绝，于是不甘心地继续给顾白打电话。但顾白一个都没有接。顾白下了公交车之后，朝着马路对面走，这时候，伊秋给顾白发了第二条短信。短信的内容是这样的：'我刚刚吃了很多安眠药。'"

我说到这里，将顾白的手机阖上，接着说："顾白看完这条短信，一定吓了一跳，于是他站在马路中间忘记了往前走，甚至没有注意前面急速飞驰而来的一辆大卡车。他出了车祸，手机也被压得支离破碎。所以除了伊秋之外，没有人知道顾白在死之前，到底发生了什么。"

我说完我的推测就不再说话，虽然是推测，但是我肯定这就是事实，因为顾白手机里的短信还有来电信息，足以支撑我的推论。

没有人说话，伊夏和苏馨雅还有陈朗他们全部都愣在了那里。

伊夏拿起那只手机，小心翼翼地翻开，像是害怕一不小心就弄坏了一样。

之所以要苏馨雅还有陈朗都到这里来，是因为顾白很在意五个人的友情。苏馨雅和陈朗有资格知道这件事情。再来，我害怕伊夏听到真相，会受到很大的打击，有其他朋友在身边会好一些。

不过现在看来是我多虑了，伊夏比我想象得要坚强，至少她看上去还好。

"不是我害死顾白的。"她喃喃地说了一声，表情像是想哭又像是想笑，"不是我。"

"可是我们怎么知道你说的就一定是真的呢？"陈朗比较理智，他显然不相信，仅凭两条短信和几条来电信息就能证明我说的那些都是真的。

"找到伊秋，亲自问问她，就能得到答案吧。"我说。

"现在就去找她！"苏馨雅一脸怒气，"那个浑蛋，把全部的过错都推到伊夏身上，简直太过分了！伊夏，伊秋在哪里？我相信你也很想知道事情的真相吧。"

"好，我们现在就去找她。"伊夏很快就冷静了下来，她是个很聪明的女生，就算我不说，她自己看到这些短信和聊天记录，也能够推断出事情的真相了吧。

"伊秋那家伙！"苏馨雅是最了解顾白的人，她一定早就觉察到了什么，只是一直以来没有证据，所以什么都没有说。

她应该知道顾白喜欢伊夏，所以肯定知道伊秋说了谎。

伊秋告诉别人顾白接受了她，这就是最大的一个谎话。

02

伊夏的姥姥家在郊区，要到姥姥家，需要穿过一片施工区域，纵横交错的钢管搭成高楼，上面站着工人正在施工。

我们四个人一路走过来，谁都没有多说什么话。我紧紧抓着伊夏的手，想让她知道我就在这里。

"我没事。"感受到了我的担心，伊夏轻声对我说，"其实我没有那么脆弱的，乔言。"

"没有那么脆弱，怎么会把自己逼成抑郁症的？"我温声说，"其实在我面前，你不需要逞强的。"

"谢谢。"她说。

"你会原谅伊秋吗？"我问她，"会原谅害死顾白的罪魁祸首吗？况且她还将全部过错都推到你的身上。"

"我不知道。"她摇了摇头说，"姐姐曾对我说，我们这辈子都不可能和好的，要么到她死了，要么是我死了，我们之间的恨才能消除。我想大概我和她注定这辈子，都是不死不休的关系吧。"

"不管你做出什么样的决定，我都会在这里。"若是换成是我，也不会原谅吧。

穿过那片施工区域，再沿着一条小路走了大概有十分钟，就看到一片居民楼隐在绿油油的树丛之中。

"姥姥家就在那边。"伊夏的脚步加快了，她应该很想见到伊秋。

走到姥姥家楼下，姥姥家的大门关着，这个时候，姥姥应该是出去了。

伊夏站定了脚步，仰着头喊了一声："伊秋，你给我出来！"

声音里满是愤怒，她该有多生气，才会连姐姐的称呼都抛弃了。

"伊秋，伊秋，你在吗？"苏馨雅跟着喊了起来。

陈朗站在我边上，他看了我一眼，并没有说什么。我不知道陈朗现在是什么样的心情，我也并不关心。

伊秋很快从里面走了出来，她看到我们四个人在这里，显然愣住了。

她看着伊夏喝道："你发的什么疯？带这些人来找我，是想怎样？"

"不想怎样。"伊夏冷冷地说，"只是想问你一件事情而已。昨天在顾白的墓前，你为什么要心虚跑掉？"

"我没有！"伊秋大声否认。

"你有！"伊夏用更大的声音吼道，"因为害死顾白的人是你！"

伊秋僵在了那里，她脸上闪过很多种表情，辩解道："你胡说，害死顾白的人是你，是你约顾白在那里见面，是你催促顾白快点儿去你那里，是你抢走了我的顾白！"

"你说谎。"伊夏语气有些疲惫，"伊秋，都到这个时候了，你为什么还要说谎？顾白从来就没有喜欢过你，他不喜欢你。所以你对他告白，他根本不可能接受！"

"不是的！不是的！不是的！"伊秋用力捂住自己的耳朵，"你在胡说八道，顾白接受了我，顾白他喜欢的是我，他只喜欢我。"

"还要自欺欺人多久呢？"伊夏叹了一口气说，"姐，你知道顾白为什么会出车祸吗？"

"他站在马路中间，看了一条短信，你发给他的短信。他吓到了，忘记了要让开，所以那辆车才撞到了他。"伊夏的眼睛红红的，分不清是因为愤怒还是难过，"所以害死顾白的人不是我，而是你。"

"或者这么说也不公平。"伊夏的手缓缓地握成了拳头，"应该说害死顾白的人，是你和我。"

伊秋一下子安静下来，她看着伊夏的眼神，像是在看个陌生人一样。

"你知道吗？顾白那天去见我，本是想要和我告白的。很巧不是吗？那天我去见顾白，也是打算和他告白的。"伊夏缓缓地说着，语调很平静，"可是中间因为一个你，我们谁都没能将那声喜欢说出口。"

"顾白不可能喜欢你，他怎么可能喜欢你呢？"伊秋喃喃地否认，她的眼神很混乱，"这不可能啊，这是不可能的啊！"

"看看这个吧。"我从纸袋里取出顾白的手机，我也是偶然发现的，顾白的手机有记事本的功能，他将手机当成日记，将一些心情都记录在上面，"顾白喜欢的是伊夏，不是你。"

伊秋抬起头看了我一眼，然后她接过手机，眼睛直直地顶着屏幕。她整个人开始颤抖了起来，她的嗓子里发出了一声奇怪的声音。

"不可能的，不会的，一定是哪里出错了，顾白喜欢我，他是喜欢我的。全世界的人都不喜欢我，可是顾白一定是喜欢我的。"

"伊秋！"事已至此，一切已经很明了了。苏馨雅扑上前，她一把抓住

伊秋的衣领大声质问道，"你为什么要这么做？你告诉我你到底为什么要
这么做，你害死了顾白，你把一切错都推给伊夏，你到底还是不是她的姐
姐？"

"伊夏，伊夏，对，伊夏……"伊秋猛地抬起头来看着伊夏，"是伊夏
的错，不是我的错，是伊夏的错，都是伊夏的错，对，对，是她的错，不是
我的错。"

"姐。"伊夏喊了一声，再也忍不住大哭了起来。

其实伊秋也很痛苦吧，顾白不喜欢她，却喜欢在她看来已经抢走她一切
的妹妹伊夏，是她的过错害死了顾白。她不想承认这一点，于是就在心里将
这一切都推给了伊夏。

只有这样她才能活下去，才能承受这一切。

她只是在逃避，只是不肯面对这一切。

我走过去抱住伊夏，这个时候什么都不用说，因为说什么都是多余的，
我能给她的只是静静地等待和一个可以依靠的肩膀。

没关系的，伊夏，没有关系，任何成长都是伴随着疼痛而来的。

痛过就好了，一切都会好的。

能让顾白喜欢，能让我乔言喜欢的女生，一定能够撑过去的。

"不是我，不是我！"这时候伊秋忽然大声嘶喊起来，"不是我的错，
是伊夏，是伊夏。哈哈哈，伊夏害死了顾白，哈哈，害死了顾白。顾白喜欢
伊秋，他喜欢伊秋，不喜欢伊夏，爸妈也只喜欢伊秋，不喜欢伊夏。伊秋最
聪明，伊秋最可爱，哈哈，伊秋是好孩子。"

"姐姐？"伊秋的声音很不对劲，不仅仅是声音，她的表情也不对，她

那个样子，分明是被事实击垮了。她下意识地逃避，所以她要把自己逼疯了！

"送她去医院！"陈朗第一个反应过来，他上前一步抓住伊秋的手，拉着她就往前走。

"姐姐。"伊夏甩开我的手走到伊秋身边，虽然她恨伊秋，但是她也爱伊秋。

"小夏。"伊秋的表情忽然变得像个小孩子一样，"小夏，我们回家，回家姐姐把糖都给你，都给你。"

"姐……"伊夏的眼泪止不住地往下流，"姐，你不要这样，不要这样好不好？"

"小夏不哭，不哭不哭。"伊秋抬起手臂，用袖子替伊夏擦眼泪，"不哭哦，哭了就不好看了，姐姐去打跑坏人，没有人敢欺负小夏的！"

"姐。"伊夏抬起手，她的手在轻轻颤抖着，她的目光满含挣扎，她已经不知道应该怎样面对伊秋了。

"我们小夏最乖了，小夏最乖了。"伊秋浅浅地笑了，当剥离了憎恨，她的笑容显得那么单纯，"小夏乖，爸妈很快就回来了。小夏饿了，姐姐给你做好吃的。小夏不要怕，有姐姐在，姐姐会打跑大灰狼的。"

她说着说着，忽然捂住自己的脑袋，像是那里有个声音在困扰着她："走开，走开啊，不是伊秋的错，不是不是，不是伊秋。小夏，小夏，对不起，对不起……不，不不不，不是的，我没错，没有错，我没有错！"

她脸上再次浮上狰狞的恨意："是伊夏抢走了我的东西，她总是抢走我的东西。"

"小夏，小夏，回家了，小夏？"伊秋已经完全陷入了混乱之中。

其实在她的心里某个地方，那个温柔的姐姐还是存在的吧，只是被憎恨和嫉妒蒙蔽了双眼，于是慢慢地迷失了自己，任由自己变成了面目可憎的样子。

"送她去医院。"我上前拉住伊夏，"先去医院再说，她现在需要镇定，不然继续下去，她可能真的会疯掉！"

"对，去医院，我们去医院！"伊夏说着，转身就往前走，"跟我走，我知道这里最近的医院，快跟我走啊！我不要姐姐疯掉，我不要！姐姐，我不怪你了，我不怪你，回到小时候那样好不好？我们都好好的好不好？"

03 ❀❀❀

她一直喃喃地念着，伊夏的心里肯定很痛苦吧，她一定没有想过，将事实摆在伊秋面前，会将她逼疯了。

从小路折回头，不知道什么时候开始起风了，眼见着天空黑了下来，夏天的午后，暴雨永远来得那么毫无预兆。

"快走，要下雨了。"苏馨雅喊着，她和陈朗拉着伊秋往前走，我牵着伊夏的手跟在一边。

前面就是那片施工的工地了，穿过那里就能走上大路，只要到了大路就有出租车，到时候就好办了。

我正想着，伊夏忽然一把推开了我，我愣了一下，然而就在我愣神的时候，伊夏飞快地朝着伊秋扑了过去。

没有人知道那短短的一瞬间到底发生了什么，我只觉得一阵风声贴着我的耳朵刮了出去，有什么东西从上面砸了下来，伊夏倒在了地上。

那是一块笨重的广告牌，贴着伊夏的头砸过去，她趴在地上，鲜血像是拧开的水龙头，从她的头上一直往外流。我僵在那里，想说话，却发不出声音，想往前走，脚下像是生了根一样。

直到现在我才明白，一年前在站台边上，伊夏到底经历过怎样的噩梦。

直到一声凄厉的尖叫声传来，原本跌坐在地上的伊秋第一个回过神来。

她飞快地爬到伊夏身边，伸出双手像是想要捧起伊夏流出来的血，可是血总是从她的指缝里溜走。她的喉咙里发出近乎不属于人类的声音，她的眼睛里是巨大的恐惧。但因为她的喊声，所有人反应了过来。

不过是几秒钟的事情，却漫长得像是过了好几个小时一样。

"救护车，快叫救护车！"苏馨雅大喊了一声，陈朗像是从噩梦中惊醒一样，他飞快地掏出手机，但是他的手颤抖得厉害，手机"吧嗒"一声摔在了地上。他又赶紧颤抖着双手弯腰去捡。

"伊夏！"我蹲下身，想要捂住她的伤口，可是就在我靠近伊夏的一瞬间，伊秋用力推开了我，她像一头野兽一样，猩红着眼睛，不让我靠近伊夏。

她推开了我之后，又继续伸出双手，她在地上抓着，血染红了地面，她的手上满是污秽，明明什么都没有办法抓住，可是她还是固执地用双手在地上抓着。

"小夏，小夏。"她近乎听不出人声的声音里，依稀可辨这两个字，她在喊着她的名字。

"啊！"她大声哭喊着，她的表情像个无措的小孩，她嗓子里发出意味不明的声音，没有人听得懂她在说什么。

"你让开，这样她会死的！"我想要拉开她，可是她不知道怎么会有那样大的力气，死死地抱着伊夏不肯松开。她雪白色的连衣裙上都是血，她不肯让我碰伊夏，她用防备的目光看着我们所有人。

"小夏，小夏，小夏，小夏！"她大声喊着，她将脸贴在她的伤口上，"小夏不害怕，小夏不害怕，不害怕，姐姐在这里，小夏不害怕。"

"伊秋，你别这样，你快让开，得帮小夏止血，你这样小夏会死的！"苏馨雅跑过来，帮我一起拉伊秋，"为什么要到现在你才意识到她是你的妹妹？为什么才觉察到她是你从小疼到大的妹妹？"

"小夏，你们走开，你们走开！"她用生硬的句子，拼凑成最简单的句子，"你们不要抢我的小夏，爸妈就要回家了，你们不要抢我的小夏。"

"不要这样啊。"苏馨雅的声音里已经带了哭腔，她哭着说，"你快松手，松手好不好？伊秋，我们不抢她，我们不会抢走她。"

"我不要，我不要。"伊秋大哭了起来，她脸上都是血，这一路，仿佛从她眼睛里落下来的是殷红的血泪，"我不要，我不要！小夏，小夏，小夏，你们不要抢走小夏。"

我心里暗暗焦急，一向冷静的我，一向无论遇到什么事情都不会慌了神的我，第一次不知道要怎么办才好。

"救护车来了！"陈朗低喝一声，果然救护车的声音已经传来了。

"伊夏，伊夏，你听得到我说话吗？"没有办法拉开伊秋，我只能用手捂住伊夏的伤口，血从指缝里漏出来，怎么也止不住。

"不要碰小夏！"然而我的举动再次刺激到了伊秋，她像疯子一样伸出一只手不停地扫着，"不要碰我的小夏！"

"让一让！快让一让！"医生终于到了，救护车上走下来很多人，他们走过来。从打120到现在，也不过才过了五分钟，因为离得近，万幸离得近！

"医生快救救她！"我大声说，"你们一定要救救她！"

"乔言。"苏馨雅拉住了我，"不要过去，不要妨碍医生。"

好几个人才将一直不肯从伊夏身边走开的伊秋拉开，医生快速走上前，用止血绷带给伊夏止血。像是感觉到了疼痛，伊夏的眼睛眯了起来。

"小夏！"伊秋虽然被人抓着，但是一直没有放弃要到伊夏身边去。

伊夏看着伊秋，她的眼神分不清是高兴还是悲伤，她的眼角落了一滴泪。她像是想说点儿什么，可是下一秒，她的眼睛又一次闭上了。

"伊夏！"我再也忍不住喊了一声，"伊夏，你不要睡着，你不要睡着！医生已经来了，你不要睡着，你听到没有？"

伊夏很快被抬上了担架，我挣开苏馨雅跟了上去，跟着伊夏上了救护车。我紧紧握着她的手，掌心都是血，黏稠一片，她的眼睛始终闭着。

她的表情很安宁，像是只是睡着了一样。

伊夏，伊夏，你不可以这么狡猾，不可以就这样一睡不醒，明明一切才开始不是吗？明明我们就要等到晴天了不是吗？

从来跌破了脑袋也不会流一滴眼泪的我，此时却泪如雨下，心里疼得厉害。伊夏，你不可以有事，不可以！不可以！你听到了吗？

04 🌿

急救室的灯还亮着，我坐在长凳上，仿佛在走一段长且幽暗的山洞，我看不到尽头在哪里，只是满身疲惫地往前走。苏馨雅还在哭，陈朗一言不发地坐在那里。伊秋这个时候已经停止了疯魔，医生给她打了一针镇定的药，她原本近乎疯了的眼神，此时终于重新归于清澈。

她没有说一句话，她就这么呆呆地坐着，像是一座雕像。

伊夏是为了救她才会倒在急救室里生死未知的。

两个小时前，我们走到那片施工地带的时候，伊夏觉察到了一块被风吹得松动的广告牌，然后在下一阵大风来临之前，扑过去推开了本该被广告牌砸中的伊秋。

尽管伊夏说着不知道会不会憎恨姐姐这样的话，却在那一刻丝毫没有犹豫地推开了她。

没有一个人说话，所有人都在等待，所有人都在经历一场名为煎熬的修行。

手术中的灯已经亮了快两个小时，这么看来，还会继续亮下去。

有时候我会想，是不是我们所走的每一步路，都是上天注定好的，否则为什么要和我开一个这样的玩笑？

一年前让我在站台边看到了她，爱上了她，却要在一年后，让我亲眼目睹她的离开，我不愿意相信这样的事情，这很不公平不是吗？

我想起伊夏曾对我说，她和伊秋之间，大概要么她死，要么伊秋死，那名为憎恨的魔障才会消失。

却不想竟然一语成谶。

那个下午，我不知道自己到底是怎么熬过去的，我只知道当手术中的灯熄灭的时候，我身上的衣服已经被汗湿透了。

　　我冲过去拦住医生，问出口的第一句话是："医生，我的伊夏还活着吗？"

　　"她还活着。"医生说，"可是她睡得很沉很沉，可能……永远也醒不过来了。"

　　我还没有来得及高兴，就被打入了万丈深渊。

　　"什么叫醒不来了？既然还活着，为什么醒不来？"我抓住医生问，"医生，你好好救救她啊。"

　　"手术很成功，但她失血太多，而且伤在头部，用通俗的话来解释就是，她变成了植物人，能不能醒过来我们也不知道。"医生有些无奈地说，"现在病人需要去加护病房，等到情况稳定了，你们就可以探望了。"

　　他说完就不再理会我。

　　可是他不知道，她是我好不容易才找到的珍宝，我走了很远的路才终于走到她身边，我们还没有好好地开始！

　　伊夏的爸妈来的时候，伊夏已经在重症病房了。她爸妈来做的第一件事，就是狠狠地甩了伊秋一个巴掌。

　　伊秋还是一句话都不说，那一巴掌打得很重，她嘴角边都出现了血丝。她咬着牙，硬是没有吱一声。她坐在病房外的长椅上，整夜不睡觉。她熬得双眼通红，我不知道她是否有后悔过，我也不知道对她来说，她的那些憎恨还存不存在。

　　但是在伊夏出事的那一瞬间，她像个护着孩子的老鹰一样，用自己的双臂将靠近伊夏的每个人都推开。在那一刻，她是真的很爱很爱伊夏吧！

　　后来过了半个月，伊夏从重症病房转入了普通病房，她一直都在沉睡着，一点儿醒过来的迹象都没有。

再后来，过了半年，伊夏的家人将她送入了疗养院，但是没有人放弃希望，每个人都期待她醒过来。

我带着一把蜀葵走进病房，里面很安静，只有她身边的仪器发出的滴滴声。我将花插进花瓶里，然后我在她身边的看护椅上坐下。

我握住她的手，说："伊夏，不要再睡了吧，这一觉已经睡得够漫长了。马上都要过年了，还记得吗？去年过完年，下了一场大雪，我带你去看动漫展，你还咬了我一口。"

我看着自己手背上已经很淡很淡的疤痕："起来吧，起来了我再带你去看动漫展。我们可以做很多很多快乐的事情，只要你能够醒来。"

然而她像个精致美丽的布娃娃一样，安静地躺在那里一动也不动。

陪着她絮絮叨叨地说了半天的话，等到天色暗下去我才回去，只是往外走的时候，我遇到了伊秋。

她看到我似乎愣了一下，然后她轻轻地冲我点了一下头，她的手里拿着一本《格林童话》，缓缓地走了进去。

我回过头来，天空阴得厉害，也许不知道什么时候就要下雪了。

时间一点一滴地过去，一天，一个月，一年，两年，三年。

大学的生活在不经意间就这样度过了。

我没有留在那座城市，而是回到了这里，找到工作的那天，我抱着一把玫瑰去看她。

走到外面，我听到里面传来一个温柔的声音。

"睡美人睡啊睡，睡了很多很多年，直到有一天，一个王子过来吻醒了她。"是伊秋，她还在读她的童话书。

伊夏一睡不醒之后，她就转去了护理学院，她并不聪明，所以她需要花更多的时间来念书，但她学得很认真。苏馨雅说，她从来没有看到伊秋这样认真地学习过。

伊秋毕业之后，进入了这家疗养院工作。

那天她对我说："我活一天，就照顾她一天。只要她一天不醒来，我就一天不从她身边走开。乔言，你带不走她。除非她醒来，否则我不会让你带走她。"

是的，我带不走沉睡的她。

"睡美人醒来之后，和王子幸福地生活在了一起。"伊秋读完故事书，声音已经有些哽咽了，眼泪大滴大滴地从她眼睛里砸落，"小夏，睡美人都醒来了，为什么你还不醒来？你再不醒来，你的王子就要被人抢走了。"

"她的王子不会被人抢走的。"我抱着玫瑰走进去，将玫瑰花插进花瓶里。

伊秋见我进来，便将童话书放在了床头的柜子上。

她走了出去，留下我一个人和伊夏独处。

"我已经毕业了，以后每天都可以来陪你了。"我伸手轻轻触了触她的脸，她的头发已经长长了，虽然她还在沉睡，她的头发并没有停止生长，"伊夏，是不是一定要等到夏天下雪、冬天开百花、沧海变成桑田你才能醒过来？"

"要是你醒着，是不是又要让我从你身边走开了呢？这样也好，至少我可以一直待在你身边不是吗？"

　　"你要我等夏季雪，我就等着；你要我等冬日花，我也等着。反正一辈子那么长，等你几年算什么呢？"我微微笑了笑说，"就算一辈子的时间不够，反正我们都是要去同一个地方，不是吗？"

　　窗外夏蝉唧唧鸣叫，又是一年盛夏来临了。

　　会不会下雪呢？

　　会不会在这个夏天，下一场属于夏季的雪？

　　快下一场吧！

　　这样我的睡美人，才会醒过来啊！

★史上★

"卖萌耍宝最佳拍档"

★★★★★ 竞选进行中

某编：也许是脑袋崩坏了，最近看稿子总是忍不住对着屏幕狂笑，什么少主？刁民？病娇，这些词儿简直不要太"雅致"了好么？话说偶很想知道唐家小主最近是不是吃了什么不得了的东西，才会脑洞大开写出这么史无前例的萌文啊！

话不多说，先来一次精彩的剧情放送——

身为暗影一族的少主，她竟然被几个小鬼当街调戏了？

安甫霜表示，这绝对不能忍！

不过事情总是朝着不可预知的方向发展，小鬼没教训到，倒是整到了他们的美男老师，两人就此结仇……

什么！美男老师是父亲大人的恩人之子？

什么！美男老师被人"夜香"追杀？

什么！美男老师就是"夜香"的人？

什么！美男老师背叛了我们？什么！这一切都是美男老师的阴谋？

天呐！信息量太大，脑子根本不够用啊！

渣画手： 下面热烈欢迎《少主驾到》的女主"安南霜"为大家致上开场白。（此处应有掌声）

安南霜： 我们"暗影一族"，世代以保护人而营生，通俗点说，这就是一个"保全公司"。族长名"安逸尘"，族长夫人名"上官慕烟"。左护法名"包子"，右护法名"红鸾。包子还有个徒弟，正是本少主给他介绍的，叫"狗蛋"。完毕。

渣画手： 完啦？你是不是忘了介绍谁？

安南霜： 没忘！

渣画手： 你重新说一遍（不断使眼色）。

安南霜： 再想也没忘！

南宫彦： 霜儿，你们在聊什么呢？

安南霜： Σ(っ ﾟДﾟ;)っ！！！

渣画手： 节哀……咳咳，既然女主有事，那接下来由我来介绍。南宫大人，也就是本书的男主角，长相俊美，头脑聪明，文武双全，痴心一片，简直是绝世好男人啊！大家绝对不能错过这本书哦！

对了，书名叫《少主驾到》，重要的事情说三遍！

渣画手： （小声侧头问）南宫公子，剑可以从我脖子上移开了吧？

PS：你们能猜出来谁是谁嘛？

① 过来

② 不要

③ 脱 你做什么！

④ 你不来我就叫非礼
我来你才该叫吧！

PS：不要惊讶，这个家伙就是这儿无耻。

啪啪啪——此处应有比刚才更为热烈的掌声！

大喇叭： 终于又轮到我出场了！小主最近真的很发奋，一口气构思了好几个新故事呢，除了《少主驾到》这种江湖儿女的快意恩仇，还有一本新鲜出炉的故事也非常精彩哦！

某编： 鄙视你！每次从小主那里挖到了一点点料就迫不及待地来显摆！

大喇叭： 哼，你这分明是羡慕嫉妒恨！

某编： 我羡慕你？每次我都是第一个看到初稿的好吗？你那点残渣剩饭还是捡我嘴里掉下来的呢！

大喇叭： 既然这样，那咱就比一比，看谁挖的料更猛！

某编： 比就比啊，谁怕谁！

大喇叭： 那你知道小主最近写的那本书名是谁最终敲板定下来的么？

某编： 除了总编大人，还会有谁？

大喇叭： 都说你还在"一孕傻三年"中你偏不信！总编大人不是休假去了么？告诉你吧，是我大喇叭和小主一起想出来的！哦嚯嚯嚯嚯！

某编： 你就嘚瑟吧！我不信！

在满天花瓣这种，一袭长裙曳地仙气飘飘的唐家小主隆重登场！

此处有最热烈掌声！

大喇叭： 小主哇，你要为我作证啊！这次的新书名真的有喇叭我的功劳哇！

唐家小主（安抚状）：嗯嗯，这次还真的要多谢喇叭费心费力，我们才能想出这个华丽高大上的书名呢！

某编： 到底是个什么书名哇？

大喇叭： 凤——萌——相——心！是不是一听就让人很想一睹为快？

某编本想反驳，奈何小主在场，只得配合点头。

唐家小主： 啊呀，昨天睡太晚，皮肤状态好像不太完美，我得先去做个美容面膜，喇叭，那么内容介绍就全权委托你啦！

大喇叭： 好嘞小主，您就放心吧！

某编（碎碎念）：这明明是我的职责所在，臭喇叭又抢我的风头！哼！

在某编气愤离去后，大喇叭志得意满地开始卖弄起来——

大家快过来看过来瞧，有钱的捧个钱场，没钱的凑个热闹，俺们家小主最新出炉的古风欢萌爱情美文，到底哪一对才真正是"史上最佳卖萌耍宝二人组"呢？是安南霜和南宫彦；还是凤酒酒和萧水寒？不管花落谁家，总之我们小主的故事，保证都能让你笑到花枝乱颤！

《凤萌相心》精彩剧情放送——

他们一个是京城尽人皆知的"刁民"，一个是家喻户晓的"病娇"。当两个"名人"被迫结为连理，世人皆叹"绝配啊"！

凤大小姐身娇肉贵，却好悬梁揭瓦，她此生最大愿望就是"娶"个忠犬老公被她奴役一辈子，可人算不如天算，京城的那些大好男儿，除了没人要的"病娇"丞相萧水寒，竟然没有一个人敢拜倒在她的石榴裙下！不过等等……为什么她只是上了个茅房，就成了丞相府上的新娘？她还没有反抗啊！这是要闹哪样！

嫁就嫁吧，"病娇"还是有好处的，身子骨弱好欺负啊！可是……她猜中了开头，却没能猜中结尾——呜呜，萧水寒这家伙居然装病，他不止武功奇高，还是个心机腹黑美男子，分分钟设局请她乖乖投怀送抱！

编辑8 天九你好，请问你当初是抱着一种怎样的心态决定写《全球进化》的呢？

天九： 编辑你好，当初我写《全球进化》，正值2012玛雅预言世界末日最盛行的时候，当时我从这个2012世界末日中找到灵感，然后就构思出了《全球进化》的一系列故事题材。让人失望的是，这2012年12月21日过了，竟然什么事都没有……然后，我的《全球进化》也在世界末日后的半年顺利完结了。

编辑8 呵呵，看来大家都很期待这个预言啊……说起来，在《全球进化》一文中，你将刘畅这个人物刻画得有血有肉，可谓深入人心，所以我想问问天九，刘畅这一角色的性格特点，是否与你自身相关呢？

天九： 呵呵，你还真猜对了。其实，在《全球进化》中，主角刘畅与我自己是同名的，因为我觉得，只有将自己代入到这篇小说当中，才能让这个角色更具有真实感，也更能塑造其灵魂。

编辑8 好吧，既然谈到了角色，我们就不妨再深入探讨一下。在《全球进化》中，主角身边有冀静以及贺枝枝两位出色的女性，从天九你的角度来看，如果让你选择，你更倾向于选择谁成为最后的女主角呢？

天九： 这个问题，我好像不方便回答，因为我媳妇常使用的网名，就叫贺枝枝……

编辑： 哈哈，没想到天九还是一个怕老婆的好男人啊，那么咱们就换另外一个话题吧。你在《全球进化》一文中，对生物知识以及人物描写刻画都非常深入，我就好奇了，天九你在大学时期，究竟学的是中文系，还是生物系呢？

天九： 看来我的回答要让编辑失望了，其实在大学里，我主修的是俄语专业。可是对于俄语，我似乎并没有什么天赋，大学毕业后，俄语水平依旧停留在"再见、你好、我爱你"这个水平上，然后就进入了毕业等于失业的大流中，没办法，只好另辟途径，踏上了写书的不归路。

编辑： 哈哈，天九你可真是说出了毕业后大学生们的心声啊，那么现在，我还有十个问题想要……

天九： 编辑，不能这么玩啊，刚才不是说好先问三个问题吗？现在我媳妇饭已经煮好饭就等我去吃了，再聊下去，我怕我又要跪搓衣板了……

编辑： 呃……好吧，没想到天九的媳妇还有这样的爱好。最后打个广告，《全球进化》系列正在热卖中，请大家多多支持！

天九： 多多支持！

老友记

FRIENDS

【采访人】：记者火火
【采访地点】：×城某繁华大街
【采访对象】：路人

你的青春被狗吃了吗？

大家好！我是记者火火，又到了每周的八卦时间。今天我们探讨的主题是什么呢？哈哈，不卖关子，两个字——青春！

说到青春，火火表示，身为一个90后的阿姨，说青春实在是……呵呵呵……

好啦，言归正传，近来，有一段话十分火热，不知道大家有没有听过？

朝这边看过来——"你不约会、不恋爱、不逛街、不疯不闹、不叛逆、不暗恋、不表白、不抽烟、不喝酒、不聚会、不唱歌，因为你要学习，请问你的青春被狗吃了吗？"

这样一看，火火的青春被狗吃的渣滓都不剩啊……

来来来，跟着火火的脚步，去采访一下有趣的路人吧。

LET'S GO!

（迎面走来一个美女，看样子是个干练的职业女性，火火眼疾手快地拦下了她。）

【火火】（笑容满脸）："您好，我们是娱乐大爆炸的记者，耽误您几分钟，请问您的青春是怎么样的？"

【职业美女】（惊诧，继而羞涩一笑）："这个……我的青春过去好多年了，读书的时候为了取得优异的成绩，努力学习；后来工作了，朝九晚五，拼命去打拼……说来惭愧，我的青春很枯燥，别问了。"

（职业美女很不好意思地躲开我们的话筒走了。紧接着，火火逮住了一个倒扣着鸭舌帽、穿着牛仔背带裤的潮男，以下是他的回答）

【年轻潮男】："青春嘛，很简单啦，就是追求梦想和信仰。比如碰到自己喜欢的姑娘，大胆去告白；不开心了，约上狐朋狗友去喝喝酒；有点小钱就出去走走，世界那么大，总得去看看是吧？规规矩矩的，一辈子唰地就过去了，活着图个快乐，这才是青春。"

（潮男说完，执意给我们表演了一段街舞（此处掌声五分钟）。突然，火火眼睛一亮，跟打了鸡血一样兴奋，猛然朝一个人飞奔而去。）

【火火】（仰天大笑）："陌安凉！你是美女大作家陌安凉对不对？我今天真是太幸运了，竟然在这里看到了你，我特别喜欢你写的那本小说《再见，小青春》，太好看了。"

【陌安凉】（吓了一跳，然后淡定地轻笑）："女主角是苏浅那个故事吗？那个戴着面具生活的女孩，人前娴静可人，人后乖张叛逆、冷漠癫狂，对吗？"

【火火】："是的是的，我觉得你那本书完全契合我们今天的主题，一个关于友情、深爱、离殇和永远失去的故事。你看你故事中，把游离在伪装和真实中的人物，写得如此真实深刻，我都看哭了呢。苏浅也是你自己的写照吧？你的青春充满疼痛吗？"

【陌安凉】："应该说苏浅身上有我们每个人的影子……哎呀，记者你好像越扯越远了，大白天的说点正能量的事啦，那些悲伤的往事，不提也罢。你想问什么？"

（火火腹诽：这不是看到了偶像，人家有一点点激动，多谈了几句嘛……）

【火火】（一脸严肃）："好，那我就简单粗暴地问了，陌安凉小姐，请问你的青春被狗吃了吗？"

（怕偶像不理解听不明白，火火还特意指了指提示板上那段热门话。）

【陌安凉】（若有所思）："没有啊。经历过最悲恸的爱恋与成长，我对青春依然念念不忘。青春不说老，我一直在疯狂！"

【火火】（两眼放光）："你真是太帅太酷了！果然是文艺女青年，我喜欢。好啦，今天的采访也快接近尾声了。欢迎我们的陌安凉小姐送大家一句话。"

【陌安凉】："就送句最俗最戳心窝子的吧。永远年轻，永远热泪盈眶。"

（火火丢掉话筒，连忙翻本子去要签名了……）

测测你会路过什么人的世界？

美好的年少时光，又痛又痒的青春。思恋、遗憾、离别……每一种都让人铭心刻骨。

在作家陌安凉的《我路过你的世界》中，青春是一种无望的等待，也是一场漫长的告别。在你的生命中，有没有那么一个人，他（她）将你的生活搅得天翻地覆，最后又不负责任地离开，只留给你最疼痛难忘的回忆？

你是什么样的人？会路过什么人的世界？

叛逆敏感的女王沈安雁，温文善良的白马王子白彦俊，活泼开朗的型男陈佳宇，还是花心冲动的女神叶初曼……你，在感情方面的际遇，又像书中哪一位呢？现在跟着我，快来进行测试吧！

1. 你是不是外貌协会成员？

A. 有颜值，越高越好（转2）
B. 内在很重要（转3）

2. 面对心仪的人，你一般有怎样的反应？

A. 很积极，随叫随到，时刻待命（转4）
B. 鲜有主动出击的时候，一切随缘（转6）

3. 常常梦见自己喜欢的人？

A. YES（转7）
B. NO（转5）

④. 某天，在街上偶遇了自己的男神或女神，你会怎么样？

　A. 爽快约他（她）一起喝咖啡（转6）

　B. 匆匆打声招呼就走（转5）

⑤. 朋友聚会，你的暗恋对象也在场，你会怎么做？

　A. 忍不住偷看（转8）

　B. 故意装作不在乎（转10）

⑥. 你相信哪一种情感更长久？

　A. 从朋友到恋人，日久生情（转9）

　B. 一见钟情（转8）

⑦. 朋友和恋人，你更重视谁？

　A. 朋友（转5）

　B. 恋人（转9）

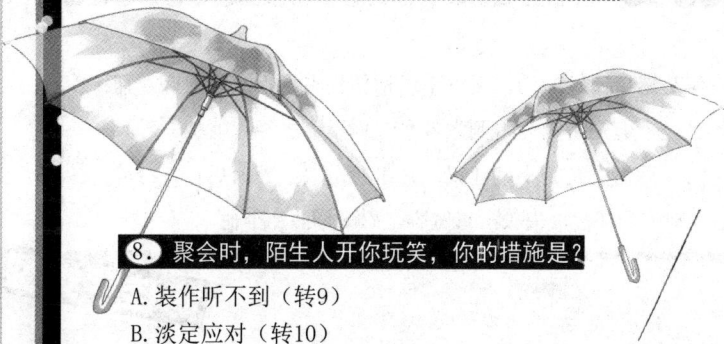

⑧. 聚会时，陌生人开你玩笑，你的措施是？

　A. 装作听不到（转9）

　B. 淡定应对（转10）

⑨. 暗恋一个人很久，宁愿自导自演，也不愿意主动表白？

　A. YES（你是沈安雁）

　B. NO（你是陈佳宇）

⑩. 如果有人对你很好，就算他不是你喜欢的类型，你也愿意试一试？

　A. YES（你是叶初曼）

　B. NO（你是白彦俊）

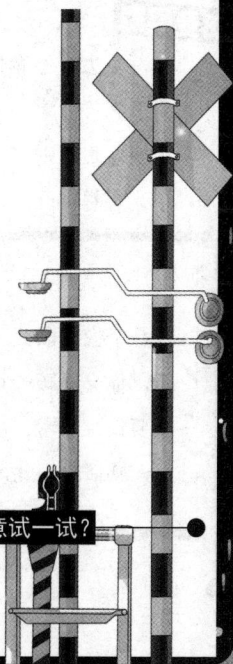

沈安雁类型

你看起来叛逆不羁，内心敏感，不善与人交流，其实你很懂得珍惜。朋友们愿意依赖你，和你分享快乐和悲伤。在感情上，你不采取主动的措施，很容易错过幸福，路过生命中的真命天子，错过你的真爱哦。小编建议，你要是像傲娇的沈安雁一样，暗恋到天昏地暗花儿都谢了，那可不太好啊，大胆一点，努力去追求吧！

白彦俊类型

你是个很受异性欢迎的人，外表温文尔雅，内心善良，同情心泛滥，但是优柔寡断。对于自己喜欢的人，你会不计回报地付出，用行动表明你的心意，以至于无心伤害了背后仰望着你的人。小编建议，要是再细心、果断点就更好了，在你不断追逐的时候，别忘了暂时停下来，看看身边默默守候你的人。

叶初曼类型

你落落大方不做作，但是遇事比较冲动，无意中说话伤到人。你人缘很好，懂得怎么样吸引别人的目光，但是正因为得到太容易，你不会去经营呵护，导致很多宝贵的财富失去后，后悔莫及。小编建议，凡事一定要三思而后行，冷静下来想想自己的内心，别因为任性，失去一直宽容、忍耐你的那个他。

陈佳宇类型

你是个像太阳光一样的人，活泼开朗，潇洒自在，敢爱敢恨。对于你追求的东西，你会不顾一切，迎难而上，你很清楚自己的目标，以至于很多时候，忘记了要换位思考。小编建议，风一样的人，要找到自己正确的方向，在追求中反思，感情也如此，不要因为走得太快，错过了终身伴侣。

疯狂游乐场

一起来寻觅你的 "最爱"
THE LOVE

你想知道自己心里最爱的那个人是谁吗？
马上采取行动吧，做完下面的测试就能知道答案啦。

一、首先，在一列中写下1到11的序号（即1、2、3、4、5、6、7、8、9、10、11）。

二、在序号1和2的旁边，写下你所想的任意两个数字。

三、在序号3和7的旁边，写下任意两个异性的名字（千万不要跳跃向下看哦）。

四、在序号4、5、6的旁边，写下朋友或亲戚的名字（不要有欺骗行为）。

五、在序号8、9、10、11的旁边，写下4首歌的名字。

六、最后，许一个愿。

测试结果：

1. 你必须把这个游戏告诉给（序号2旁边写下的数字）那个人。

2. 序号3是你所爱的人。

3. 序号7是你所喜欢的但不能与之相伴的人。

4. 序号4是你最关心的人。

5. 序号5是非常了解你的人。

6. 序号6是你重要的人。

7. 序号8的歌适合序号3的人。

8. 序号9的歌适合序号7的人。

9. 序号10的歌最能代表你的想法。

10. 序号11的歌是你对生活的感受。

哇，答案出来了，很准对不对？反正做过这个测试的大喇叭和某编都觉得超级准确！还好你们看不到俺们写下的名字，不然俺们的小秘密就都被曝光啦！嘻嘻！

大喇叭：

言归正传，安晴最近是不是写了一本新书，名字就叫《最爱》？

安晴（优雅登场）：

每个人心中，都有一个最爱。
也许他不是最优秀的，却一定是最让你牵肠挂肚、一生都无法忘记的人。
不管他曾经让你流过多少眼泪，依然能让你在午夜梦回时念念不忘。

某编飘然而来（我是来剧透的，掌声在哪里？）：

如何在最美好的年华里，遇到最美好的那个他，成就一段最美好的纯白爱恋，这大约是每个女孩子都幻想过的迤逦美梦吧？
很多时候，故事的套路常常是命运多舛的灰姑娘遇上一个英俊多金的王子，从此人生发生惊天逆转，过上美好幸福的生活！
而安晴此次别出心裁，用细腻动人的笔触描述了一段富家女生和优质男生的爱情，绝对会带给大家非同一般的体验和感动哦！

★ **"即使全世界与我们的爱情为敌，我也会坚持到底。如果爱你是一种罪，那我已疯狂。"**

——纪依辰。

父母的坚决反对，哥哥的从中阻拦，
都无法阻止她奔向他的脚步！

为了坚定地爱你，我不惜与全世界为敌！
因为对我来说，这世间，唯有你最珍贵。

大喇叭（激动万分，语无伦次）：

我又回来了！
因为安晴突然心血来潮，很想知道在大家心目中，哪一个故事才是晴迷们的 **"最爱"**，所以委托我来做一份调查。
请大家在所有看过的安晴作品中选取一个你最喜欢的故事，或者你最想拥有的一本新书，在微薄@**晴大大**或者**写信寄给魅丽优品**，到时候选取人气最高的作品，**免费送出三本！**

★★ （共选取三人，每人可得一本你最爱的书，或者即将上市的新书）

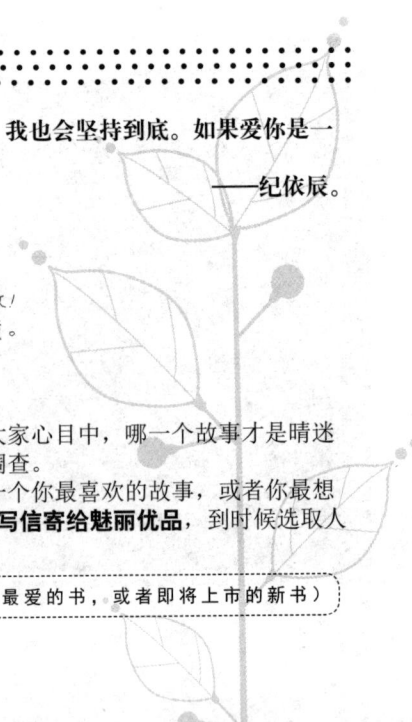